Acabou, mas continua

Luis Cosme Pinto

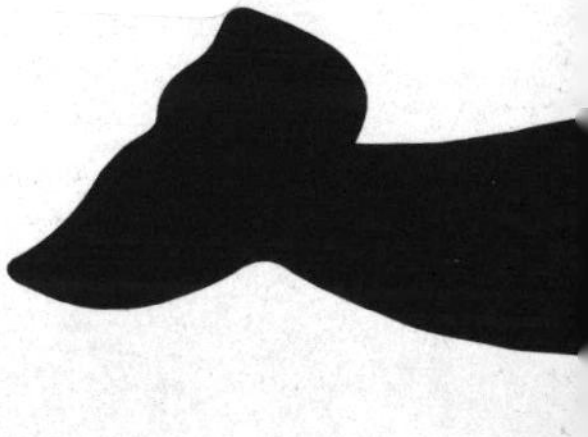

cacha
lote

Acabou, mas continua

Luis Cosme Pinto

Dedico essas crônicas a quem acredita que nem tudo que termina chega ao fim.

Não é sorte, é jeito

Saio do supermercado, mas o supermercado não sai de mim. Entrei para sacar dinheiro num caixa eletrônico, ao lado das geladeiras de sorvete e cerveja.

Lamento não ter comprado a água mineral em promoção e guardo as notas na carteira. Ao mesmo tempo, penso que o dinheiro trocado servirá de caixinha para o frentista calibrar os pneus no próximo passeio de bicicleta e também para acertar um mamão que peguei fiado no Clemente, ambulante que não aceita cartão e não tem pix.

Quando boto o pé na calçada, sinto o telefone mergulhar no vazio. Como um trapezista que erra o salto, sem a rede de proteção.

O celular cai e, na vertical, quica em direção à rua, em duas ou três cambaleantes cambalhotas.

Para com a tela no chão, naquele cantinho, entre o asfalto e a calçada. É por ali, pela boca-de-lobo, que o celular desliza e... some.

Um celular com pelo menos seis anos de bons serviços.

Um celular fora de moda.

Um celular manchado, machucado, raspado, mas que é o celular mais importante do mundo, com meus contatos, lembranças, imagens. O único que tenho, ou tinha.

Já sabia que entre o asfalto e a galeria de água, que passa embaixo da rua, há uma grade para reter o lixo e evitar que a sujeira barre a água. Então, ouço a voz do Rubens, a voz da esperança.

"O seu celular está inteiro. Tá, pousado na grade. Tu é um cabra de sorte". Rubens aguardava a vez na fila do Açaí, em frente ao supermercado, e viu o acidente. Ligeiro, não me espera pedir ajuda. Deita no asfalto sujo, acende a lanterna do próprio celular e estica o braço pela entrada do bueiro.

"Tô vendo ele!". Repito, Rubens está deitado de bruços no asfalto, a bonita camiseta lilás já mudou de cor. O mais preocupante: as pernas esticadas para trás invadem a faixa do ônibus. Ele se arrisca por um celular velho de uma pessoa que nunca viu na vida.

Rubens se esforça ao máximo, a cabeça encosta no buraco, mas não dá. "Meu braço é curto!", ele grita, quase se desculpando. Uma mulher, com duas sacolas, tenta desviar o trânsito.

O vendedor de açaí, Osvaldo, traz um ferro fino. Pensa em "pescar" o fujão.

"O ferro pode empurrar o telefone de vez para o fundo da galeria, melhor não." Agora é uma mulher de coque e saltos altos que orienta. Osvaldo concorda, recolhe o ferro e continua por perto.

Começa a se formar um mutirão. Pessoas se unem, conversam, tentam uma solução.

Surge Graciano. Um rapaz alto, ainda suado da aula de musculação na academia ao lado. Rubens volta a deitar no asfalto sujo e ilumina os subterrâneos da Rua das Palmeiras para que Graciano enxergue.

A operação-resgate cresce mais um pouco. Por alguns minutos é o principal acontecimento naquele trecho da Vila Buarque.

Graciano também está no chão, os braços são compridos. "Vai dar certo", torço em silêncio. Torço e me frustro. O que o braço tem de longo, tem de grosso. Bíceps e tríceps não passam pelo vão estreito. Tão perto e tão longe.

Um morador de rua, acompanhado de um colega de cabelos descoloridos, se aproxima.

— Posso dar uma ideia?

Todos nos entreolhamos.

— Claro, pode falar — respondo curioso.

— Com essa vassoura, com essa parte que empurra o lixo, tá vendo? Eu consigo trazer um pouquinho mais pra perto. Eu puxo de assim — ele está com a vassoura na mão e imita o movimento —, aí meu braço entra e eu cato ele.

— Boa sorte.

— Né sorte, não. É jeito, moço.

A vassoura é de Elizângela, funcionária do supermercado, que também entra na torcida.

Ádisson, o esguio e jeitoso homem da rua, estende ossos e músculos. Ele enfia a vassoura e arrasta o celular cuidadosamente. A primeira parte deu certo, exulta.

Mais dez segundos e o braço magro, com SIMONE tatuada em azul marinho e vermelho, sai das profundezas.

Sustentado pelos dedos ossudos de Ádisson, lá está o meu velho e bravo companheiro. São, salvo e seco.

Ádisson está tão feliz quanto eu. Sempre acompanhado do colega, me pergunta: "Rola um açaí?". Vamos até a barraca de Osvaldo, convido também Rubens, Elizângela, Graciano e o colega de Ádisson.

É o fim do carnaval de 2025 e, no celular ressuscitado, recebo de minha filha uma foto da folia em Olinda.

Para que serve um guarda-chuva?

Chuva fina, miúda. Em São Paulo diriam:

— É garoa.

Ali, naquela calçada apenas úmida do Leblon, um sotaque, temperando mineirês com carioquês, pronuncia outras palavras.

— É chuvisqueiro, *moia* não.

— Serve só pra *respingá us ócus*.

Os dois turistas usam as camisetas para secar as lentes e enxergar o caminho do mar. Porém, a inimiga ganha força e eles desviam para a padaria.

Nenhuma cidade se entristece com a chuva como o Rio de Janeiro. Sem sol, a praia perde o encanto, a sandália havaiana fica no armário, o chope esquenta, o amor esfria.

Bem secos, minha cunhada e meu irmão riem do folclore protegidos por poderosos guarda-chuvas. Largos, têm hastes fortes e tecido resistente; não se dobram a qualquer ventania nem temem a insistência da chuva.

Os dois chegam ao prédio em que moram e veem uma mulher ensopada. Cabelos molhados, roupa grudada ao corpo e o que parece uma mochila, em vez de pendurada nas costas, está na frente do peito. Tudo coberto por um casaco folgado e sem capuz.

Meu mano e minha cunhada oferecem ajuda.

A mulher, Patrícia, conta que o carro está a uns duzentos

metros e que ela parou ali para se proteger porque caminhou outros tantos metros debaixo d'água

Então, abre o casaco. Que surpresa: o que parecia ser a mochila é um cestinho com um bebê de olhos vivos e a cabecinha enfeitada com cabelos mais pretos que a noite. Cristiano, com talvez uns três meses, está seco e sereno, mas a mãe tem medo de que a chuva aumente.

Meu irmão resolve o problema.

— Leve o guarda-chuva.

— Não posso.

— Pode sim. Ele é meu e eu te empresto.

— Como faço pra devolver?

— Amanhã você passa aqui e deixa na portaria. Meu nome é Luis Roberto.

— É que amanhã...

— Devolva quando quiser.

Minha cunhada, a Beth, reforça.

— Nós temos outros, não se preocupe. Leva, por favor.

— Quanta gentileza. Eu aceito.

Patrícia beija Cristiano, fecha o casaco, abre o guarda-chuva e some ao virar a esquina.

No dia seguinte, de céu ainda carrancudo, o porteiro avisa que junto com o guarda-chuva chegou um presente.

Um pacote tão bem embrulhado e com laço de seda que dá até pena de abrir. Acomodadas numa elegante caixa de camurça preta, oito trufas. Chocolate de uma marca famosa e saboroso como os artesanais. É delicado como o bilhete, que acompanha o presente.

Com letra redonda e azul, Patrícia escolheu as palavras. Poucas e certeiras.

"Luis Roberto e Beth,

Muito obrigado pela gentileza em emprestar o guarda-chuva ontem. Chegamos em casa bem :)

Esperamos que esses bombons adocem um pouco seu dia e que vocês possam aproveitá-los em um café com seus amigos.

Um grande abraço, Patrícia e Cristiano."

Até então, acreditava que guarda-chuva existia para nos proteger da água e do sol.

Errei. Guarda-chuva pode aproximar desconhecidos, gerar gentileza, provocar sorrisos, semear amizades.

Com sorte, ainda é possível saborear chocolate e mandar o Cristiano para casa bem sequinho.

E se...

O parto normal levou menos de uma hora.

"Fácil, fácil, nem doeu, minha netinha veio escorregando". Essa foi a graça sem graça da sogra e avó, já a provocar a mãe do bebê.

Nascia Eulália, de pouco choro e muito riso. Espigada, com extensos 53 centímetros.

Nenhuma surpresa, na família Martins ninguém ficava abaixo de um metro e oitenta. O pai, Valdomiro, quase não precisava de escada para trocar lâmpada e dona Sandra, jogadora de basquete da escola, dispensava salto alto.

Os irmãos se exibiam com namoradas que lhes batiam nos ombros, mas e Eulália? A mais alta da sala desanimava os pretendentes, sempre muitos centímetros abaixo.

"Avestruz, trinca-espinha, pau de sebo". Era o que ouvia com os olhos no chão e as mãos crispadas, ainda nas primeiras séries. Então, Eulália reagiu e passou a rebater com "rolha de poço, pigmeu, ponto e vírgula".

Pode ser que a coragem de enfrentar o *bullying* tenha partido dos conselhos da avó, ou das conversas semanais com a doutora Isaura, o certo mesmo é que todos assistiram à valente Eulália desprezar provocações e, como se dizia naqueles tempos, "levar a vida na maciota".

Sem ligar muito para o que parecia problema, Eulália contornava os obstáculos. André, o primeiro namorado, tocava

Pink Floyd e era bom em Geometria. Empolgada, ela descobriu que os oito centímetros de diferença não faziam tanta diferença. O primeiro beijo foi na esquina, Eulália pisou no asfalto, enquanto André, na calçada, se equilibrava na ponta dos pés.

O beijo de Rodolpho – segundo namorado – era com B maiúsculo, já a altura conseguia ser mais minúscula que a de André. Eulália não se atrapalhou, foi com o garoto até as escadas do prédio em que morava. Com ele dois degraus acima, tudo se encaixou.

No cursinho pré-vestibular, um amor sonhado e secreto: Claudecir, o professor de Química. Aos olhos de Eulália, um colosso.

"É feio", provocavam as colegas.

"Tem orelha de abano", implicavam os rapazes.

"Usa fundo de garrafa", desdenhava um grandalhão enciumado.

Eulália, na frente de uma cerveja gelada, projetava e "melhorava" o mesmo Claudecir: e se os óculos fossem mais leves? E se com o novo visual reluzissem os olhos verdes e as vastas sobrancelhas?

E se Claudecir tivesse cabelos e unhas bem cortados, e se se vestisse de um jeito mais despojado? Bastava o "e se" que Claudecir se transformava em um galã.

E as orelhas? Ora, ora, tanto para admirar em Claudecir, para que perder tempo com as orelhas?

Claudecir, casado e pai de dois, nunca soube como era irresistível para a aluna da primeira fila.

Num boteco perto da faculdade, Vanderlei levou-a para um virado à paulista. A bisteca queimada, o tutu quase gelado... Quando Vanderlei se levantou para reclamar, Eulália segurou-lhe o pulso. "E se a gente comer o arroz que tá soltinho com esse ovo de gema mole e sair logo daqui?". Pagaram a conta e racharam a diária de um motel vizinho ao Minhocão.

Vanderlei não estava em seus melhores dias, Eulália dormiu de mãos dadas com ele e, na despedida, disse que a vontade tinha aumentado. E se na semana que vem...

Na segunda-feira seguinte, a bisteca estava no ponto, Vanderlei também. A tarde incandescente virou fogo que ardeu até a madrugada.

A artesã Marlene, primeira namorada de Eulália, tinha ótima conversa, sabia fazer massagem, jogar tarô e era craque na bijuteria. O único problema – e que problema – era o mau hálito. E se... A solução de Eulália foi espantosa: parou de escovar os dentes. Em igualdade de condições, a dupla subiu de carona até o sul da Bahia.

Eulália viveu a valorizar as virtudes de seus amores, o que podia parecer defeito ela chamava de "característica".

Com Emanuel foram quinze anos de união. Vendedor de enciclopédias, despachante, ganhava bem menos que ela. Os dois viajavam para São Vicente e Caxambu por conta dele, para Nova York e Buenos Aires por conta dela.

Eulália se apaixonou por seu homem dos ralos fios de cabelo até às unhas mal cortadas dos pés. Na barriga peluda e quentinha ela encostava a cabeça para cochilar e sonhar, enquanto descalçava as sandálias 42.

Que homem era aquele a fincar o cotovelo na mesa, a mão suportando o queixo para ouvi-la. Emanuel escutava sua mulher sem desviar os olhos, sem pressa. O mundo parado por ela e para ela.

Bonito, Emanuel nunca foi, mas a maneira como dobrava o jornal, o jeito que impostava a voz para ler o horóscopo, a forma de passar o protetor solar. Sem nenhuma dúvida, ninguém segurava a garrafa de vinho para servi-la com aquela classe.

Jeitoso, o Emanuel.

O velório de Eulália foi numa tarde de chuva. Todos ouviram uma canção de Chico Buarque e Francis Hime em que terminava com o verso "e se o meu amor gostar então de mim".

Por fim, o discurso da sobrinha: "Minha tia tinha um parafuso a mais. Nessa passagem se dedicou a ajeitar as coisas aqui por perto, na próxima vai pacificar o mundo".

Sejamos Eulália, alguém gritou. Todo mundo aplaudiu.

Xilindró

A notícia saiu em jornais de todo o mundo e assim Kristopher Magnusson, então um adolescente, morador da pequena Visby, na Suécia, ouviu falar pela primeira vez do Brasil. O garoto vibrou com a mirabolante história de um publicitário paulista. O homem foi libertado do cativeiro depois de bater na parede da casa onde tinha sido trancafiado por uma quadrilha internacional.

Do outro lado, na casa vizinha, uma médica, curiosa com os ruídos durante a madrugada, encostou um estetoscópio na parede e ouviu o pedido de socorro. Terminava de forma pacífica um dos maiores sequestros da história do distante país sul-americano.

Pam, pam, pam

Vinte anos depois, Kristopher, agora um homem de mais de trinta anos, também bate na parede. E a parede é brasileira. O engenheiro caiu numa armadilha e ficou preso. Kristopher não era vítima de sequestro, estava isolado num cubículo, sem ventilação, de atmosfera pesada, com pouca luz. O cárcere era um banheiro de quatro metros quadrados.

Tudo começa quando o engenheiro passa duas semanas em São Paulo para conhecer um cliente.

A conversa com o empresário flui em inglês. Já no dia a dia, o sueco tenta se adaptar ao "brasileirês", gosta da sonoridade da nova língua e já conhece algumas palavras. Com esforço explica ao motorista onde é a padaria que os colegas indicaram para ele comer o melhor pão do bairro.

Não compreende bem por que o pão brasileiro é chamado de francês, menos ainda sabendo que o dono da padaria é português. Experimenta o crocante pão na chapa e ri sozinho quando, na mesa em frente, seis mulheres fazem o mesmo pedido com impensáveis variações.

— Café expresso simples.

— Expresso com espuma de leite.

— Expressinho carioca.

— Pra mim, expresso curto.

— Quero expresso longo, por favor.

— Expresso duplo, pingado e desnatado, tá?

Kristopher já pagou a conta, vai até o banheiro, tranca a porta, alivia a bexiga, lava as mãos. E de mãos lavadas e perfumadas tenta abrir a porta. O trinco dá meia volta, mas não completa a virada. Ele repete o movimento. A fechadura emperra. Kristopher insiste, sem resultado. Sabe que é preciso se acalmar, puxa a porta para perto de si e vai aos poucos forçando a fechadura. Uma, duas e ouve um creque. Não é um creque em que as engrenagens se encontram e destravam, é um creque de fratura. O trinco está na mão direita dele. Quebrado.

Kristopher tenta recolocar o trinco, não adianta. Bate na porta, lembra do publicitário que foi sequestrado no Brasil.

Esmurra a parede, primeiro devagar, depois mais rápido e com mais força. Nada. Encosta o ouvido no azulejo gelado. Conclui que ninguém vai ouvir seus apelos.

— Dois chapados.

— Francês integral com requeijão na saída.

— Misto frio, capricha que é para o Seu Quintela.

— Minas quente com tomate e orégano. É sem miolo.

Não entende os significados, mas novamente gosta da diversidade das palavras. O que será *quintela*? E *miolo*?

Lamenta não ter estudado português e lê, sem entender, as palavras escritas no banheiro.

Proibido jogar papel no vaso. Proibido jogar papel no chão. Proibido subir em cima do vaso. À caneta, em letra miúda, outra inscrição: *proibido grudar meleca na parede.* Seja lá o que for, proibido é uma palavra importante, conclui.

Kris é forte, loiro de cabelos grandes, barba volumosa e quase dois metros de altura. Está incomodado com a falta de espaço e sabe que a única chance de comunicação é o celular. Pelo serviço de busca descobre o telefone da padaria e tenta pedir ajuda ao caixa.

— Panificadora Choupal, bom dia

— Por obrigado, estar aqui reservado...

— Como é?

— Ali solitário pode me sacar no banho?

— Não entendi.

— No banho

— Não, aqui é padaria, meu filho. Não liga mais não, tá?

Kris luta pela liberdade.

— *Chopp all*?

— É, é da Choupal. O que o senhor deseja?

— Com certeza, não há de quê. Chou, chou eu aqui.

— Sou eu quem?

— Chópe dir...

— Não pode pedir chope pra viagem, meu amigo. Chope é aqui no balcão ou nas mesas e só depois das quatro da tarde.

— Por obrigado, *speak english*?

— Nem chope, nem picles.

— Proibido, me-le-ca.

— Me deixa trabalhar. Para de ligar ou vou rastrear seu telefone.

Já eram vinte minutos de prisão até que Kristopher lembrou que falar sueco podia ser mais fácil. Telefonou a cobrar para a própria casa, a doze mil quilômetros de São Paulo. Com a filha mais nova no colo, Helga primeiro duvidou, mas o marido sempre brincalhão estava nervoso demais para não ser verdade.

— Helga, liga na polícia aí de Visby e pede o telefone da embaixada brasileira em Estocolmo. Lá eles vão falar sueco e português, daí você pergunta o telefone do consulado sueco em São Paulo ou da embaixada em Brasília. Então, você explica que eu estou preso no banheiro da padaria e pede para eles ligarem aqui. O endereço é...

— Pera aí, vou anotar.

— Rua...

A ligação caiu, a bateria havia acabado.

Até que...

— Ei, tem gente aí dentro?

— Por obrigado.

— Tá passando mal? Pera aí.

Foi um freguês, apertado para fazer xixi, o salvador de Kris.

Ele alertou Amauri, o caixa, que chamou Jaime. O chaveiro abriu a porta em dois minutos.

Lá longe e mesmo sem o endereço, Helga, com bebê no colo, peito doendo e panela no fogo, continuava tentando, em vão.

No dia seguinte, o Brasil foi novamente notícia na Suécia. O principal jornal de Visby destacou com humor: SEQUESTRADO PELA LÍNGUA. ENGENHEIRO SUECO FICA PRESO EM BANHEIRO NO BRASIL E NÃO CONSEGUE PEDIR SOCORRO.

Em São Paulo, a notícia circulou ali mesmo no balcão da padaria.

Logo que Kris saiu do banheiro, Amauri pediu desculpas, explicou que não falava inglês, mas que ele podia pedir um café e pão como cortesia. Fregueses traduziram e Kris sorriu agradecido pela gentileza. Aliviado, falou devagar.

— Porrr obrrigado, querro um pão de espuma duplo e um expresso no miolo quente do Quintela. Muito porrr favorrr e proibido.

Segunda-feira

Segunda-feira: o melhor dia. Melhor que domingo para descansar, melhor que o sábado para se cansar, melhor que a sexta para sonhar.

Na segunda, Tércio tem vida de herdeiro: só levanta quando o sono acaba. Na segunda, Tércio pedala e ouve Lulu Santos; bebe vinho e também água de coco. Vai ao cinema vazio e com desconto, almoça na hora que o estômago pede, descobre sebos, conversa com sua gata.

Tércio é cabeleireiro e folga às segundas.

Problema, só um: a segunda é dia antissocial. A maioria não se diverte, só trabalha.

Tudo mudou quando apareceu Afrânio. Na verdade, os dois apareceram um para o outro.

Afrânio é peixeiro. Descama, tira espinhas, faz filés. É feirante na barraca da Selma. Acorda às três da madrugada para encontrar robalos, atuns, sardinhas, polvos. A rotina só muda uma vez por semana.

"A segunda é o domingo do feirante", costuma repetir.

Naquela quinta-feira, horário da xepa, Tércio não quis pescada, muito menos salmão ou xerelete, pediu uma cabeça graúda.

—Você tem de garoupa?

— Claro, é pra sua gata?

— Como sabe?

— Sabendo...

Nunca mais faltaram cabeças. A gata Ágata desandou a crescer. Se não vinha garoupa, Afrânio oferecia – e Tércio aceitava – bochechas de corvina, cabeça de tainha, guelras de anchova.

Ágata lambuzava bigodes e beiços a petiscar cartilagens e chupar espinhas sem nunca engasgar.

"Malandra é a Ágata", brincava o Afrânio. Ah, o Afrânio.

Um dia, Tércio não apareceu, tampouco na semana seguinte. Afrânio, que sempre foi homem de ação, não titubeou. Rodou, assuntou no bairro e logo tocou o interfone do apartamento 36 para ouvir a voz já conhecida.

— Foi a dengue, justificou Tércio.

Afrânio trazia rabo de tilápia, manjuba fresca, posta de cação. Ágata, que andava cabisbaixa, pulou do sofá e abandonou o telejornal, saudosa das delícias do mar.

— Como você ficou sabendo o meu endereço, Afrânio?

—Sabendo...

Afrânio sabia sabendo, não explicava muito, ao contrário do tagarela Tércio. Um pragmático, outro sonhador; um ateu, outro religioso; um preto, outro branco. E foi assim, de diferença em diferença, que os dois descobriram o que tinham de igual.

Sempre às segundas, um encontro. Passeio no largo do Arouche, compras no brechó da Lola. Tércio lia Jorge Amado para Afrânio, que traduzia o basquete para Tércio, que cozinhava feijão gordo para Afrânio, que pedia para Tércio cortar seu cabelo e deixar "redondinho" na nuca. Afrânio prendeu os quadros para Tércio, que ensinou Afrânio a baixar aplicativos.

Tercio sorria para Afrânio, que gargalhava para Tércio. Riam do quê? "De bobeira", falavam juntos e riam mais.

Na noite de uma segunda-feira, depois da novela, Tércio contava de seu longínquo noivado.

Afrânio revelou que seu casamento ia mal, mas que Rosângela era boa mãe, ótima nora e que ele ia esperar os filhos crescerem um pouco mais para decidir o futuro.

— Falta coragem, sabe, Tércio?

— O nome disso não é coragem, é tesão, admiração, interesse. É isso que falta, Afrânio. Isso tudo você perdeu pela Sandra. Perdeu porque não gosta mais. Há quanto tempo vocês não transam, não conversam de verdade, olho no olho?

— Nem sei.

Tércio sentiu nos seus cabelos as mãos quentes de Afrânio, que desceram pelo pescoço, depois costas e então o aperto faminto – corpo grudado com corpo – amoleceu de vez a alma.

Beijo sôfrego, molhado. Afrânio, que delícia, pensava Tércio, imprensado contra a parede.

Nunca senti isso, era o que encalorado Afrânio experimentava entre o latejar dos músculos e o disparar do peito.

Ninguém sabe quanto durou o beijo, que nenhum dos dois queria terminar.

Afrânio se afastou, rubro.

— Tércio, tenho que ir embora! O pessoal tá me esperando em casa. Desculpe. Faço tudo errado. Foi mal.

"Desculpe o quê? Volta aqui". Era o que diria Tércio, mas Afrânio já estava na porta, abriu e sumiu.

O primeiro beijo foi também o último.

Tércio, 44 anos, solteiro, zagueiro vigoroso.

Afrânio, 42 anos, pai de três filhos, casado.

Tércio não voltou à feira, Afrânio nunca mais tocou o interfone. Ágata, a gata, virou comedora de ração.

Anos depois, Tércio jura que já se esqueceu de Afrânio, mas também se esqueceu do amor.

— Eu desaprendi o que é se apaixonar. Eu não sei mais me aproximar de alguém com quem eu poderia me relacionar.

Não sinto mais vontade. Não é só medo de encontrar alguém, é um pavor do que pode acontecer depois. Ou não acontecer, sabe? O pior dia é a segunda, quando tenho mais tempo pra pensar. Jamais imaginei que ia torcer para terça-feira chegar.

Feijoada Completa

Um sábado nascido para a feijoada. Seco e frio. Perfeito para saborear o caldo grosso, quente e seus pertences.

Na minha frente, uma mulher sozinha. De vestido azul e sem celular. Uma mulher à espera de ninguém.

É certo que curiosos especularam. "O marido ou namorado, a amiga ou companheira, talvez tenha uma dessas profissões de quem trabalha sábado. Manicure, motorista, jornalista. E ela teria chegado antes para garantir a mesa".

Nada disso. Ela está só e vai continuar assim.

Suelen traz o cardápio, a mulher agradece e nem abre. Sabe o que quer.

— Uma feijoada.

— A *light* é sessenta, a gorda cinquenta.

— Gorda. Por favor, capriche no rabo, no pé e na orelha. A caipirinha é com cachaça mineira e açúcar.

— Pode deixar, Dona Cleide.

"Dona" é só um tratamento respeitoso de Suelen. Cleide mal passou dos quarenta.

A caipirinha abre o apetite e seca no exato momento em que a porção de torresmo acaba. Nesse momento, Suelen chega com a cumbuca de barro e as travessas de alumínio. Arroz soltinho, couve enfeitada com alho, farofa torrada, laranja perfumada. A malagueta vem em um antigo vidro de maionese. Pronto, não falta mais nada.

Uma suave cortina de fumaça surge entre Cleide e o resto do mundo.

— Su, por favor, mais uma caipirinha. Do mesmo jeito.

Uma mulher e sua feijoada.

Garfadas bem medidas, mastigadas na paz da solidão. Em cada uma, a rica combinação dos ingredientes. Pequeníssimas quantidades de arroz, feijão, uma lasca de paio ou a suculenta gordura do pé, que pode revezar com a cartilagem macia da orelha e fiapos de couve.

É como se uma microfeijoada completa formasse aquelas minúsculas porções.

Uma mulher e sua feijoada.

O primeiro prato já foi. Cleide repete.

A segunda parte da refeição termina como a primeira. Nenhum grão de arroz restou sobre a louça branca.

Nas travessas ainda há uma quantidade razoável.

— Por favor, embale que vou levar pra casa.

— Dona Cleide, ainda tem o pudim e o café, é por conta da casa.

— Obrigada, estou de regime.

Cleide ri da própria piada e pisca o olho. Então, se despede dos balconistas e paga no caixa com dinheiro, sem esquecer a gorjeta da garçonete preferida.

Uma mulher e sua feijoada.

Uma feijoada morna, num sábado gelado em São Paulo.

Uma mulher sem pressa e sem celular a caminho de casa.

Sem que ninguém pergunte, Suelen tempera devaneios.

— Tá levando pra ela mesma. Dona Cleide mora só. Ela me disse que congela. Feijoada requentada é mais gostosa, melhor no domingo que no sábado.

Presunto não é feijão

Uma vez no mês, bem no dia do pagamento, meu pai comprava presunto. Vinha cortado fininho, quase transparente. Ele garantia: naquela espessura era mais saboroso: "Grosso, perde o gosto". Eu e meus dois manos desconfiávamos que vinha "igual folha de papel", porque desse jeito os 300 gramas rendiam mais.

Salgadinho, cheiroso, o presunto tinha o tempero da novidade. Na segunda metade do século passado, a variedade de alimentos era muito menor que hoje e no modesto comércio de Vila Isabel nem se fala. Salame, peito de peru, pastrami, nada disso aparecia por lá.

Frios? Para nós eram dias em que não fazia calor.

Embutido? Era aquele armário das roupas.

Na ponta dos pés e com as mãos leves, a gente tascava sem dó. Da sala, minha mãe avisava ao ouvir o ruído da geladeira sendo aberta na cozinha:

— Presunto não é feijão, comam devagar.

— É só uma tisca, mãe.

A gente falava de boca cheia e saía para brincar na rua, limpando a gordura dos dedos na camiseta.

A frase – "presunto não é feijão" – tinha a alma da minha mãe. Em quatro palavras, ela educava os peraltas, protegia o salário do marido, transmitia algum saber gastronômico e brincava com a gente.

Na frase de efeito da Therezinha, só o feijão saía no prejuízo.

Meu pai teve promoção no DNER. O presunto seguia "folha de papel" só que começou a chegar toda segunda-feira.

O aviso se repetia. "Presunto não é feijão. Mastiga com calma".

Cozinheira, passadeira, lavadeira, arrumadeira, costureira, professora dos filhos, minha mãe tinha formação e estudo, trabalhou em escritório de contabilidade e no IBGE. Porém, nos anos 1960 e 1970, a tradição era cuidar da casa e se nasciam os filhos, não havia argumento: "lugar de mulher é em casa cuidando das crianças".

Sem salário, sem horário, sem valorização nenhuma, dependente do marido. Não era a vida que a minha mãe queria, mas ela e meu pai se entendiam, os filhos cresciam e ela descobria, nas brechas do dia a dia, um curso de decoração, aulas de hidroginástica, yoga.

Sempre teve vontade de aprender, porém não abandonava velhas crenças.

A estrada cheia de curvas, os filhos com enjoo no banco de trás e lá vinha a solução da Therezinha.

— Segura a chave que passa.

— Eu também enjoei, mãe!

— Mãe, não vou aguentar!

— Pronto. Aqui estão três chaves, uma pra cada um.

Acredite, a ânsia dos três ia embora.

Quando nuvens explodiam em tempestades no verão carioca, franzia sobrancelhas: "É proibido se olhar no espelho, mexer com tesoura, faca ou qualquer coisa que tenha reflexo. Isso atrai raio, que entra pela janela, todo mundo vira carvão". Os três se olhavam assustados com o medo dela e também descrentes da pontaria do raio. Na dúvida, obedecíamos.

Supersticiosa, Therezinha não passava embaixo de

escada e corria de gato preto. Não falava certos nomes, jamais. Quem tinha tuberculose "tava fraco do pulmão"; com câncer, "pegou aquela doença sem cura".

Meu pai sofria com terríveis enxaquecas e para amenizar a dor distribuía fatias geladas de batata na testa, punha os óculos escuros de armação verde e lentes redondas da minha mãe e decretava silêncio absoluto. Nós três achávamos graça da cena e ela ordenava com o indicador à frente dos lábios: "xiii, seu pai tá com aquela coisa que a gente não pode falar o nome. Daqui a pouco passa".

No último dia do ano, e só nessa data, tomava um cálice de licor. Então, ria e chorava ao mesmo tempo.

Tinha medo de filho "se perder na praia", "se meter com má companhia", "de não passar de ano".

Ao revelar distantes histórias de família, esclareço que minha memória não é tudo isso. Esqueço senhas, datas; também nomes e endereços.

Já as recordações da minha mãe são límpidas, vigiadas num recanto qualquer de minha cabeça por neurônios quase infalíveis.

Renascem cenas de quase sessenta anos. O vestido azul-turquesa, os bobes no cabelo, as sandálias número 34. Reaparecem os brincos de pressão de madrepérola – usados pelas mulheres sem orelha furada. Respiro a alfazema que ela espalhava atrás das orelhas e depois passava na gente.

Em meio às imagens coloridas, a prosa da Therezinha ressoa.

"Lá no final, antes da praça, o senhor entra à direita, na Rua Luiz Barbosa, depois pega a Torres Homem".

Ela falava assim no banco de trás de um táxi qualquer, que nos levava de volta para casa, em Vila Isabel.

— Meninos, da próxima vez a gente pega o ônibus, que é mais barato. Táxi é só em ocasiões especiais. Pegamos hoje por causa da chuva.

Então, com cara de sabido, um dos meus irmãos pergunta.

— Mãe, táxi é que nem presunto?

Nós quatro rimos juntos, Therezinha nem precisa responder.

Mikael está de mudança

Um jovem de velhas ideias. O novo chefe proíbe folgas, exige mais produtividade e acaba com a hora extra. Mistura canalhice e sinceridade quando diz que foi chamado para economizar o dinheiro do patrão. Café, papel higiênico, consumo de internet, tudo tem que diminuir.

— O colaborador que discordar estará sendo descontinuado — assim ele chama demissão.

Os colaboradores saem da reunião mudos de medo e de raiva. Quem apaga a luz e fecha a porta é Mikael, dez anos de casa. O primeiro emprego com carteira assinada subiu no telhado.

Mikael ainda está engasgado com as ameaças quando gotas grossas avisam que ele esqueceu o guarda-chuva. A caminho do ponto de ônibus, molha os pés e xinga o congestionamento.

Duas horas depois, abre a porta de casa. Já sabia que a namorada estava lá. Mara, perfumada, de camisola curta e decote no umbigo, diminui a luz.

— Passei o dia com você na cabeça.

— Eu também — ele mente — mas estou exausto com a reunião e o congestionamento.

— Querido, deixe o chefe e o trânsito lá fora. Já é sexta-feira.

A mulher mergulha os dedos nos caracóis castanhos do namorado. Desliza pelas escápulas, um indicador em cada uma delas; então aperta os ombros e os bíceps de pedra.

Ele se afasta.

— Desculpe, não dá.

Ela acende os olhos verdes. As mãos descem pelo peito.

—Meu amor, essa é a hora. Não quer tomar banho, não toma, não quer jantar, não janta, mas vamos namorar um pouco. O cansaço passa logo, juro.

— Como assim?

— Acredite em mim, sexo é remédio. O orgasmo provoca uma reação em série que alivia a gente, amansa a cabeça e o corpo. Depois da transa você vai ter uma noite de sono maravilhosa. Vem cá, vem.

*

A farra de Ano Novo no sítio alugado em Atibaia, junto com vizinhos, amigos de trabalho, cachorros e crianças terminou com céu claro depois de uma enxurrada de caipirinha de cachaça barata.

Mikael tem língua e gengivas ressecadas, na cabeça um bumbo ecoa teimoso. Quando volta do banheiro, ainda massacrado pela ressaca, ele ouve o convite.

— Chega aqui. Sempre achei as tuas pernas lindas, gosto desses pelos, dos músculos.

— Sei.

— Isso, relaxa. Fecha os olhos.

— Não tô bem. Ainda sinto o gosto da pinga.

Mikael ganha um beijo. Abre o olho, um só, assustado com o entusiasmo da namorada.

— Esse desânimo passa num instante. Vem cá, vamos tirar essa roupa. Os beberrões estão roncando, a gente faz tudo em silêncio. Dá outro beijo.

— Eu não consigo, você não entende?

— Amor, você é que não entendeu.

Ele ameaça se levantar, ela bota as duas mãos nos joelhos grossos, faz uma pressão leve, rodeia e sobe pelas coxas.

— Mas...

— Nem mais nem menos. Presta atenção: a gente transa, vem aquela descarga de energia, o coração sacoleja e não há mal-estar que resista. Passa tudo. Disso eu entendo.

— Mara, de novo esse papo de descarga? Você não cansa?

— Vem você se cansar um pouco, vem.

*

Faltava coragem para recusar o sexo e mais ainda para terminar o namoro. Mais uma vez, Mara tomou a iniciativa e agora com uma objetividade desconcertante.

— Mikael, cansei. Quero alguém que acredite nas minhas ideias, que preste atenção ao que digo, que seja companheiro.

A estratégia de Mikael era fazer com que ela se enchesse e decidisse pelos dois. O discurso covarde veio com cara de coitado.

— É, entendo e peço desculpas. Eu sei que ando meio desanimado, triste, mas a gente pode ser amigos, não?

— Não, não pode, não quero amigo. Quero um homem para ser meu namorado e companheiro. Que tenha tesão em mim e me ame.

Ela com ódio e ele com vergonha se despediram num abraço frouxo.

*

Vc tá linda.

Eram várias mensagens de texto por dia.

Me dá mais 1 sorriso daqueles?

Adorei o café no intervalo, mas a gente não pode tomar algo mais gelado depois da aula?

Quantas tatuagens vc tem?

Amanhã topa um karaokê?

Era o Waltinho, o professor de História da escola em que Mara dava aula de Biologia. Ela negou. Waltinho fez que não entendeu, insistiu com o karaokê, disse que nem precisava cantar, que se quisesse chamasse o marido. Ele não, que era solteiro. Mara respondeu que não era casada nem namorava. Waltinho mandou uma figurinha sorridente e enfim conseguiu.

No karaokê, cantaram e dançaram.

Do salão para o carro, do carro para o elevador, do elevador para a cama. E o melhor, sem que Mara fizesse propaganda da tal descarga energética.

*

— Vamos lá, Mikael,. Como tem se virado?

— Tudo indo, doutor Afonso.

— Sente falta dela?

— Nem tanto. Poxa, ela queria sexo toda hora e eu não podia.

— Por que não podia?

— Porque eu tinha compromisso durante a semana: escritório, academia, lavar o carro. Sabe, doutor, combinei com ela: a noite da gente dormir junto é sexta ou sábado.

— E ela?

— Martelava no meu ouvido: Mikael, você faz tudo ao contrário. Dedica a semana inteira às chatices e deixa um dia, no máximo dois, pra diversão. Quero mais amor e menos futebol na tevê, pode ser?

— Podia, Mikael?

— Sim, podia. A tal descarga mágica era mesmo verdadeira. Só tinha um problema.

— Qual?

— Não era com a Mara.

— Explica melhor.

— Eu botava a culpa no trabalho, na ressaca, mas a verdade é que não tinha prazer. Era uma obrigação e eu demorei para sacar.

— Como descobriu?

— Há um mês conheci o Breno. Com ele, tudo que a Mara me prometia acontece. Nós sentimos o tal vulcão em erupção. Como ela dizia, transamos e dormimos abraçados, leves e felizes. Até a minha sinusite melhorou, acredita? A gente se encontra na quarta, nem espera o fim de semana. Pra ficar mais perto, o Breno me chamou para passar um tempo na casa dele.

— E você?

— Já contratei o caminhão de mudança. Vou levar tudo.

Paralelos

Se os olhos piscassem e nunca mais abrissem, se a escuridão chegasse para sempre, ele balançaria os ombros e esticaria passo firme, como se andasse dentro de seu próprio quarto.

Naqueles dois ou três quilômetros de calçadas do bairro em que vive, pode dispensar a visão. Sem hesitações, reconhece cada metro. Domina endereços como um carteiro, dobra esquinas como um entregador.

Cumprimenta moradores, conhece ambulantes pelo nome. Rita, das frutas, Anderson, da mandioca descascada na faca, Gilson das flores, que folga às segundas. O homem que conversa com as calçadas e seus trabalhadores é Herculano.

Seu prazer é perambular. Tem a discreta popularidade conquistada de rua em rua. Pendura corridas no ponto de táxi, identifica vira-latas, sabe o horário do caminhão de lixo.

Percorre as entranhas do bairro, a ducha do posto de combustível onde lavou a sola do tênis depois de um imprevisto e o banheiro da lavanderia, que também visitou numa emergência.

Naquela segunda-feira, sem chuva e sem sol, nada quente e muito menos fria, é cedo pro almoço e tarde pro café. Sem o bafafá da feira e a alegria da escola, que foi vendida para uma construtora, não sabe o rumo a seguir. É como se o antigo fuzuê organizasse o roteiro.

Talvez aquela rua sem ladeira, de calçada nem larga nem estreita, com prédios altos e homens de preto. Aquela de pau-ferro e goiabeiras. De onde levaram duas tampas de bueiro e já surrupiaram cabos.

Entra e dá de frente com a dúvida. De um lado, sol e o movimento preguiçoso da farmácia; do outro, a banca, a vender mais fone de ouvido do que notícia.

Aqui, a nova hamburgueria, que acorda só no fim da tarde; ali, o salão da Neide, única loja aberta daquele lado. Direita ou esquerda? Vai pela sombra.

Uma quadra vadia e vazia.

Quase vazia, porque na outra calçada ela digita e avança. Ereta e em passo ligeiro. Tênis laranja, tornozeleira de macramê, calça justa, top, cabelo preso. Cintura fina e tatuagem no pescoço.

Enfim uma novidade na pasmaceira de calçadas sem brilho. Herculano observa o par de pernas e os tornozelos finos, se concentra no balanço suave dos quadris. Especula com ele mesmo: ou é forasteira em aluguel de temporada ou mudou há pouco.

Seguem próximos e separados, com a rua no meio, como um rio triste em trajetória reta, proibido de brincar com as próprias margens.

Herculano, de óculos de grau, também de tênis, mas de calça e camisa social, hesita em cruzar para o outro lado. Os segundos custam alguns metros e a mulher se adianta. Ele, então, atravessa e acelera. Não sabe se o desejo é só de olhar mais de perto ou arriscar um cumprimento. Mas vai. Como já foi tantas vezes na vida, sem saber para onde.

No silêncio da rua, enquanto imagina uma abordagem, ouve sabiás e a gentileza do vento. Os amores de toda uma vida foram conquistados olho no olho, na cantada descontraída que dispensa aplicativos e redes sociais. Mas a inspiração fugiu sem deixar pistas.

Como é mesmo que se piscava o olho? Puxar uma conversa, quase inocente, e do papo despretensioso chegar ao beijo. Como era mesmo?

— Conhece a estação Santa Cecília?

É bem provável que a mulher deboche de cantada tão infame. Arrume outra, ele fala sozinho.

— Desculpe interromper, mas a gente se conhece de onde mesmo?

Não, não se começa pedindo desculpas. Básico.

Aliás, como se começa?

— Você frequenta o novo Mambo?

Nada mais romântico? Conversa de supermercado? Herculano reconhece a derrota, amordaçado pela timidez.

A mulher mira à direita e à esquerda, espera um ciclista passar e ganha a outra margem. Só então vê o homem que até então andava atrás dela. Observa o corte da calça e as mangas dobradas da camisa branca, aprecia os cabelos cinzentos levemente revoltos, as mãos no bolso. Sempre gostou dos mais experientes. Separado, viúvo? Tomara, devaneia.

O que busca e o que pensa o cinquentão alto de ombros largos? Aliás, será que ela, nesse primeiro mês de novo endereço, agora solteira, nunca viu aquelas pernas grossas a desfilar pelo bairro? Vontade de perguntar. Falar por falar. Olhar por olhar. Trocar um sorriso, um bom dia. Adoraria conhecer aquela voz.

E se num ato de ousadia perguntar.

— A estação de metrô é aqui perto? E aproveitando a sua gentileza... aquele supermercado? Sou nova no bairro...

Não, melhor não.

— Já fui mais criativa. Era um empurrãozinho, uma deixa e pronto, a conversa fluía. Ela resmunga e se reprova antes de qualquer tentativa.

Lado a lado, com a rua no meio, permanecem distantes. Caminhos paralelos, incapazes de se encontrar, impossíveis de se perder. Começa a chover, uma sirene grita. Algum solitário pede socorro.

Os mesmos prédios, as mesmas árvores, as mesmas lojas, só o homem mudou. Sequestrado pela ansiedade, emagreceu um quilo.

Herculano busca a mulher que surgiu em seu caminho e depois sumiu. Queria rever. Não faz questão de falar, muito menos tocar. Uma espiadinha, nada mais.

Herculano aprecia os detalhes. Faz pouco aprendeu como no meio do amontoado de sacolinhas de supermercado, grudadas umas nas outras, pegar uma só.

E o melhor, abrir com rapidez. Primeiro, esfregar as mãos levemente para que as sacolas se soltem. Depois, com os dedos úmidos, puxar pela ponta. Ele ainda não sabe, mas a técnica será muito útil. Transformadora é a palavra certa.

De repente, o mundo para, ele firma os pés no chão e belisca a mão. Na fila do caixa do supermercado lá está ela. Vê, a poucos metros, o que parecia tão distante. É ela. A bela mulher que buliu com sua imaginação durante a caminhada, que provocou fantasias e depois frustrou o homem tímido sem coragem de se aproximar. A mulher sem nome e sem endereço, de quadris dançantes, de cabelo farto, de pernas roliças. É a segunda chance.

O vestido florido um pouco acima do joelho e a sandália rasteirinha amarrada à panturrilha realçam os braços bronzeados, o colo liso, outra tatuagem no tornozelo.

Paula, este é o nome dela, também vê. Vê que é vista e sem saber o que fazer nem para onde olhar, mexe no cabelo e começa a tirar as compras do carrinho para passar no caixa. Uma senhora e seu saco de beterrabas estão entre os dois.

Herculano não vacila.

— A senhora tem direito de ir naquele caixa vazio. É preferencial. Posso levar sua compra até lá?

— Obrigada, meu filho.

Ela, ainda retraída, e ele, mais uma vez inseguro, enfim se olham. Já tinham se visto, ambos sabiam, mas agora era diferente. Pela primeira vez, olhos cravados nos olhos. Sem a rua no meio.

— Débito ou crédito?

Antes que Paula responda à moça do caixa, divido com vocês um pouco do que se passou nessa semana de aflições.

Os dois se sentiam incomodados pela falta de iniciativa, afinal se tiveram vontade, por que não arriscaram um cumprimento durante o encontro casual da semana que passou?

Foi tão frustrante que evitaram tocar no assunto. Herculano podia ter falado com Jeremias, amigo de ouvido generoso e conselhos certeiros. Deixou para lá.

Na sessão de terapia, Paula recusou a sabedoria junguiana da doutora Teresa. Chorou a indiferença do companheiro – que até hoje não decidiu se é ex ou atual – e se culpou pela impaciência com o filho adolescente. Queria mesmo era falar da caminhada sem destino e do veterano charmoso. Do desejo antigo de transar por transar, sem ter que gostar, conhecer, namorar, sair para jantar, etc. etc. Mas a mesma coragem que faltou para puxar assunto na calçada do bairro faltou no consultório. Quando olhou o relógio, a sessão estava no fim.

Herculano resumiu ao filho, já adulto.

— Pai, calma, se vocês forem mesmo vizinhos acabam se esbarrando por aí.

— Minha sensação é de fracasso.

— Calma. Quer apostar como ainda vão se ver? Agora o que gostei mesmo foi de te ver assim interessado.

De volta ao supermercado.

A funcionária passa as compras de Paula: salmão defumado, granola, tomate orgânico, pêssegos, uma garrafa de vinho branco outra de água mineral, dois limões sicilianos e o maço de aspargos fecham a compra da terça-feira.

Então, Herculano saca seu trunfo.

— Eu abri a sacola pra você, pode usar.

— Ah, muito gentil. Eu acho tão difícil.

— Também essa e mais essa. Pega outra, vai. As garrafas ficam mais protegidas em duas sacolas.

— Adorei o jeito que você abre as sacolas. Que incrível, obrigada.

— De nada.

Para quem criticava todas as ideias e táticas de aproximação, a sacolinha foi quase um cupido.

Paula sorve cada gentileza, presta atenção no azul-acinzentado por trás dos óculos. Paga com cartão e digita a senha sem pressa, como a dar tempo a Herculano.

Moela de frango, oito latas de cerveja, mortadela, café, detergente, papel higiênico. Pagamento em dinheiro, que sai do bolso da bermuda.

Já estão na calçada.

— Acho que nos cruzamos semana passada na rua aqui ao lado.

— É mesmo, você não me é estranho.

— Herculano.

— Eu sou a Paula.

Paula se adianta, beija a barba por fazer e curte a espetadinha.

Herculano oferece trocar as sacolas. Ele leva as dela, em especial aquela mais pesada.

Paula aceita. Aceitaria tudo. Tudo e mais um pouco.

A caminhada agora é lado a lado, as mãos se roçam, os corpos se tocam na calçada espremida pela barraca com rosas e antúrios.

São três da tarde. Perto da estação do metrô, Paula sugere.

— Que tal se a gente tomasse esse vinho agora?

Ele engasga, mas responde.

— Boa ideia. No bar do China?

— Não, ali no Caribe Motel. Cinquenta reais o período de duas horas, olha ali a placa.

Dessa vez, Herculano não tem tempo de se beliscar e deixa acontecer.

— Vamos lá? — Paula pergunta com a naturalidade de quem convida para um sorvete.

— Hã, hã — é o que consegue dizer o assustado Herculano.

No quarto 10 vai tudo para o chão. A colcha imitando pele de onça abraça a bermuda. O dinheiro espalhado e a camisa embolada escondem as flores do vestido.

Só o vinho permanece intacto.

Enfim, lembram das uvas chilenas e brindam.

Racham o banho, a segunda rodada e a conta.

Na recepção, de novo, é Paula quem toma a iniciativa.

— Aqui a gente se separa. Não quero que vejam a gente juntos saindo do motel. Sou comprometida. Agora, Herculano, pode acreditar, eu adorei.

— Adorou o quê?

— Tudo. Você é um amor. Me beija de novo.

— Sei.

— Também não vou dar meu telefone. Mas é fácil me ver no Instagram.

— Tá bom.

— Faz assim. Vai por aquela calçada que eu vou por essa. Cada um no seu lado.

— Pelo menos até a próxima compra...

— Quem sabe, querido. Não prometo.

Já é noite. Herculano suspira, arruma as compras, dobra as sacolas plásticas, tempera as moelas e começa a varrer a casa.

Redação

Nas bandas de Timon, onde Maranhão é quase Piauí, uma vez por ano, tinha festa farta. Para a garotada, bolo de macaxeira e cajuada. Para os adultos, comes e bebes e a sanfona de Silvério.

Já tinha criança cochilando quando aparecia o homem de barba branca, montado num jegue, a distribuir bolas de capotão, bonecas, piões.

Mario, vamos chamar de Mario-vovô, nunca tinha visto igual. Eram os primeiros meses na fazenda de Seu Gaudêncio, homem abastado e famoso pelas celebrações de Natal, que oferecia aos peões e suas famílias.

Analfabeto, viúvo de Zélia, que morreu aos 26 anos no sétimo parto, Mario-vovô conquistou Gaudêncio pela sabedoria na roça. Plantava milho, colhia feijão, domava potro, tirava leite como ninguém.

Com a ajuda do garoto mais velho – que já, já será o Mario-pai – amarrou palha de Buriti bem amarradinha e levantou a cabana.

O primeiro teto da família Gomes tinha chão de terra, fogão a lenha, banho de panela. O vaso sanitário era um buraco no fundo do quintal.

A tuberculose fulminante do chefe da família transformou a vida dos seis filhos. Os mais novos ficaram com uma tia e o mais velho partiu. De Timon para São Luis e da capital do Maranhão para Duque de Caxias, na Baixada Fluminense.

Tal qual o pai, casou cedo e vieram os filhos. Às vezes lavador de carro, sapateiro ou ajudante de pedreiro, Mario-pai trabalhava muito e ganhava quase nada. Só não faltava comida porque Mathilde era a melhor costureira do bairro.

Mario-pai divertia a mulher e os quatro filhos ao brincar com as dificuldades da vida. Na noite de Natal, Mathilde servia pipoca enquanto ele contava as festas na fazenda de Gaudêncio. Então, pai e mãe abriam o embrulho do único presente. Sim, o papel colorido e a fita de cetim escondiam um só brinquedo para que os quatro dividissem. Era revelado com suspense, enquanto a criançada tentava adivinhar.

Com sacrifício, o casal comprava a atração de todo Natal. Teve ano que foi um modesto quebra-cabeça, depois velocípede, autorama e então, o inesquecível: uma bicicleta. Guidão e rodas cromadas, pedais de borracha e atrás do banco um pequeno bagageiro que também servia para levar um carona. Vermelha cintilante, tinha para-lamas e retrovisor.

Antes da primeira volta, uma ordem do Mario-pai. "Cada um usa um dia e toda noite conta o que viu e por onde andou".

O filho mais velho – vamos chamar de Mario-filho –, o único que já sabia pedalar, ganhou a missão de ensinar aos mais novos.

Toda noite a família se reunia em torno das histórias. Mario-pai desligava o rádio e então assumia o papel de melhor ouvinte que se podia imaginar. Não apenas porque prestava atenção, mas porque instigava os filhos.

Passou pela quitanda ou pegou a rua da farmácia? Germano, o peixeiro, tava com a camisa do Vasco? Tinha fila no ambulatório? Música na praça?

Se a bicicleta fosse um avião, você iria até onde, Helena? Você acha que a bicicleta afunda ou flutua no rio Guandú, Carla? Você canta na hora que está pedalando, Moacir? Faz um desenho do seu passeio pra gente, Mario?

A perspicácia do Mario-pai revolucionou também a comunidade em que viviam. O dono da pedreira em que ele trabalhava adoeceu, a família não entendia do negócio e Mario propôs modesta sociedade. Ficaria com 5% da empresa e trabalharia como gerente. As vendas aumentaram, as novas construções se espalharam na década de 1950 e com dinheiro emprestado comprou um caminhão. Depois, o segundo.

Mario-pai já tinha metade da pedreira, uma transportadora e o monopólio da entrega de pedras da Baixada Fluminense. Mudaram para uma casa de altos e baixos, com jardim e piscina.

Mathilde nunca mais costurou e os filhos, que sempre dividiram o mesmo quarto, agora eram senhores de suas próprias suítes, com guarda-roupas bem abastecidos.

Mario-filho, no meio de sua adolescência, nunca se esqueceu da noite de Natal daquele ano. A mãe esticou a toalha rendada na mesa de jacarandá e exibiu, em novas travessas, peru, pernil, rabanadas e os inéditos fios de ovos com tender.

— E o presente, mãe?

— Daqui a pouco. Seu pai vai trazer.

Enfim, Mario-pai meteu a chave na porta. Vinha impaciente com a reunião extra na construtora e com as demissões que ordenou dias antes na transportadora. Nem parecia o Mario de tantos Natais. Faltava uma faísca de alegria nos olhos verdes do contador de histórias, do ex-amarrador de Buritis, do papai mais sabido e mais bonito do mundo.

Mario-pai serviu-se de uma dose longa de uísque e distribuiu um envelope para cada um. Nada de embrulho colorido, de suspense, de brincadeira.

— O que é isso, pai? — Mario-Filho perguntou com a mesma curiosidade dos irmãos.

— É uma caderneta de poupança. O dinheiro que eu botei pra cada um dá para comprar quatro bicicletas. Vocês podem escolher o brinquedo ou roupa que quiserem e economizem o resto. Sua mãe leva vocês ao banco. Tá na hora de aprenderem a mexer com dinheiro.

Um misto de susto e decepção roubou o apetite da garotada e até os fios de ovos com tender sobraram.

Em dezembro de 1977, Mario-filho, meu professor de português, contou a saga dos Marios na última aula do ano. Ele nos desejou um feliz Natal e perguntou:

— Vocês acham que a vida da minha família melhorou ou piorou depois que meu pai ficou rico?

Ninguém respondeu.

— Pensem com calma. Quem quiser pode fazer uma redação e apresentar depois das férias.

Pensei bastante, mestre Mario. Agora, 48 anos depois, aqui está a minha redação.

Desculpe o atraso.

Uma informação, por favor

Quando alguém quer saber o nome do Claudionor, o Claudionor não responde Claudionor.

— Meu nome é João Tadeu Claudionor Silveira de Jesus.

Seria ótimo vendedor, o Claudionor. Fala bem e bastante. Conversa com a namorada pelo celular, se despede de um companheiro no ponto de táxi em Pinheiros e, ao mesmo tempo, me cumprimenta, apaga o cigarro na sola do sapato e abre a porta do carro. Entramos. Sentamos.

— Vai para onde?

— Rua Polônia, 445.

Ele me olha pelo retrovisor.

— É para aquele mesmo local da semana passada?

Não tenho o que responder. Jamais estive no endereço, nunca entrei no táxi de Claudionor e muito menos fomos juntos até lá. Mas não resisto e estimulo a fantasia.

— Memória boa, Claudionor.

— Lembra que tava uma chuvinha sem-vergonha?

— Sim, e o trânsito?

Replico e alimento a brincadeira.

— Tava tudo travado, doutor.

— Pode me chamar de Cosme.

— Meu primo é Damião. Damião de Jesus, acho lindo.

— Se tivesse irmão...

— Não tinha erro, era seu xará.

Claudionor tem uma risada estrondosa, que amolece o corpo, sacode ombros e óculos. Dirige com a janela aberta e o cotovelo para fora.

— Onde a gente tava mesmo? Ah, naquele dia, eu desviei pela paralela da Avenida Brasil e a gente chegou rapidinho.

"Palavras loucas, ouvidos moucos", ignoro o velho provérbio e sigo em frente na conversa.

— Isso mesmo, Claudionor.

— Cosme, se quiser eu troco a músi...

— Desculpe interromper, Claudionor. Passamos da esquina da Rua Polônia.

— Mil perdões. Prefere que eu dê a volta ou quer andar esse trecho? Posso pegar a Rua Itália e sair lá.

A "Itália" chama-se França e naquele trecho a rua é contramão. Claro, por mais divertida que fosse a brincadeira, chegava a hora da despedida.

— Tranquilo. Vou na caminhada, Claudionor. Obrigado.

— Foi o papo que me distraiu. Tamo junto, Seu Cosme.

Se usasse o aplicativo de caminhos, Claudionor não se perderia. Com quarenta anos de volante, ele respeita a tecnologia, mas ainda se informa na conversa. Não está só.

A indagar, aqui e acolá, sabemos para que lado é a estação do metrô, a padaria, o sapateiro, o banheiro.

Pergunte à cobradora do ônibus, ao policial militar, ao entregador quantas informações dão por dia.

Dagoberto vende flores em frente à estação Santa Cecília. Uma abundância de fregueses e perguntas.

Naquela manhã ouvi a mulher castanha e cacheada pechinchar os lírios, pagar os girassóis e então perguntar.

— A Rua Jaguaribe é para que lado?

— É a terceira travessa, basta seguir em frente.

— Para ir para o número 153, onde tem uma farmácia de manipulação, é pra direita ou pra esquerda?

— É para a direita. A senhora sobe e vai logo encontrar. Fica na calçada de lá, ao lado da papelaria.

Então, a mulher ajeita a bolsa, puxa a coleira do Maguila, vira de costas e vai em sentido oposto.

— Moça, é pra cá!

— Mas eu não vou pra Jaguaribe!

— Ué?

— Ué o quê?

— Não, nada não.

— Eu só perguntei, não falei que ia.

— É que normalmente, quando as pessoas perguntam...

— Eu não sou todo mundo. E esse papo de normalmente e geralmente não é comigo.

Dagoberto ajeita as rosas, refresca os cravos e então se despede.

— Bom dia, senhora.

— Bom dia.

Disfarço minha curiosidade e o vendedor se aproxima.

— Todo dia tem umas dez conversas dessas, moço. O lírio tá com preço ótimo, vai querer?

Da cabeça aos pés

A pose é a de um time de futebol de salão, três de pé com peito estufado e uma dupla sentada na frente.

É fácil ver as mudanças que os mais de quarenta anos trouxeram nos cabelos, nas cinturas, nos olhares. Porém, um detalhe, talvez sem importância, cutuca minha memória. Um deles está de sandália havaiana. Eu conheço aquele pé. Aliás, conheço todos os pés da foto.

Por causa do futebol, ou porque brincávamos descalços, ou porque estávamos sempre na praia, ou por outro motivo que não vou saber explicar, eu reconheceria qualquer um dos meus cinco amigos sessentões por seus pés. O retrato que vejo chega por meu irmão e mostra o grupo num churrasco carioca. Um encontro anual do nosso time de futebol, que durante uma década nos unia nas tardes de domingo. Era aquele jogo no campo de terra, na Barra da Tijuca, o compromisso mais importante da semana, pelo menos para mim.

A gente mesmo organizava os jogos. A bola Drible, de couro branco, vinha no ponto, nem cheia demais que ficasse dura, ou murcha que não rolasse macia. Se chuva e vento apagavam as linhas de cal, refazíamos a marcação. Fixávamos a rede nas traves e a prendíamos no chão com paus e pedras. O gol ganha vibração e beleza quando a rede estufa, murmurando um "chuá". E naqueles duelos, o placar podia passar de 10 a 10.

Se surgia um desfalque, lá íamos em busca de um reserva, até festa de aniversário interrompíamos. Para apitar, chamávamos o Argentino, sorveteiro do Fazenda Clube Marapendi, com seu inseparável relógio a marcar quarenta minutos para cada tempo, sem acréscimos. À sombra de eucaliptos, nossa torcida miúda e fiel: seu Orlando, Valdir e Edgar. Nos momentos de sufoco, um deles palpitava, já que nunca tivemos técnico.

As camisas verde e branco, com largas listras verticais e números pretos, comprávamos com a vaquinha apurada na vizinhança. Conga, Kichute ou o pé descalço completavam o uniforme.

Na foto, os cinco rostos me fazem lembrar dos dez pés amigos e seus cinquenta dedos.

Fred, xerife da zaga, era dono de arcos altos e bem desenhados. Fosse o pé uma ponte, como a Rio-Niterói, ali seria o vão central, passagem de barcas e transatlânticos. Como num encaixe da sola côncava, o peito convexo e largo. Seria esse o segredo do petardo de nosso batedor de faltas? Fred se orgulhava da casca grossa do calcanhar, capaz de apagar pontas de cigarro, sem prejuízo à áspera carapaça. O pé, de dedos pequenos e unhas bem cortadas por dona Santinha, não era comprido. Fred calçava 41.

Sérgio Calá também nunca sofreu com pé chato e batia bem com os dois. Quando ainda não tínhamos barba, os pés dele já eram peludos. Dois tufos. Um, mais volumoso, no peito do pé, o outro no dedão. Pés magros, ótimos para controlar a pelota e cobrar escanteios. Os dedos finos tinham certo molejo e ele dobrava a parte de cima, ali onde ficam as unhas, para fazer embaixadinhas. Conga azul, 38.

Orlando sofreu *bullying* pelos pés avantajados. Os dedões eram quase do tamanho de um limão-cravo e as unhas se espalhavam naquele latifúndio. Orlando deixava que crescessem, passando fácil do limite dos dedos. A gente implicava, "vai furar a bola", "que chulé". Ele, bom malandro, ria da provocação, enquanto as unhas cresciam livres. Orlando era titular da lateral direita e se a marcação apertava, despachava a bola para onde o nariz ou o dedo apontasse. Nosso 44 bico largo não inventava.

Recordo que o dedo maior do Carlinhos, ponta-direita valente e arisco, era quase quadrado. Os outros quatro desciam como degraus bem medidos de uma escada. Carlinhos também viu os pelos do pé brotarem antes dos primeiros fios de bigode. Os tornozelos eram saltados, do mesmo jeito que a parte traseira do calcanhar. Esguio, nosso velocista não tinha gordura para esconder os ossos. Para sapato ou tênis, 38 não sobrava nem faltava.

Os pés do Roberto empatavam com os do Fred e só perdiam em tamanho para os do Orlando. É que meu mano era o veterano do time. Não tinha mais o que crescer. Quando experimentávamos as emoções dos 15 ou 16 anos, ele já contava 19 ou 20. E aqueles pés, capazes de precisos lançamentos e cobranças milimétricas de falta, já aceleravam e controlavam a embreagem de um Corcel rebaixado com rodas cromadas. Roberto pouco usava o pé canhoto. Sobrecarregado, o direito sofria com unhas quebradas e encravadas. Antes dos jogos, nosso capitão preparava uma proteção de esparadrapo e a gente sentia de longe o cheiro da cânfora. Com duas meias para não machucar os dedos já abalados, ele usava 41 com palmilha. Até hoje cuida bem dos pés, que garantem pedaladas e caminhadas sem tropeços.

Por último, conto dos pés de quem não saiu na foto: os meus, que ganharam veias mais grossas e salientes. Em compensação, os poucos pelos da juventude se foram. Surgiram também rugas, escondidas na lateral externa. O direito permanece meio centímetro menor do que o esquerdo. Meu pai – que sofria com calos e "unhas de pedra" – dizia que era "defeito de fabricação". Não reclamo do fabricante, tampouco dos pés, que até hoje me sustentam, mesmo quando passo dos limites de peso, exaustão ou outros. No entanto, se recebesse a visita de um gênio da lâmpada mágica, pediria uma sutil mudança. Meu dedão cresceu menos que o segundo dedo, aquele mais fino. A desproporção entre o gorducho e o espigão é bem feiosa. E então, Seu Gênio, seria possível pelo menos igualar, perguntaria.

Na infância, Kichute número 34, quis entender por que meu pé era diferente. Minha avó, que sabia de tudo e tinha joanete, me respondeu, depois de esfoliar o calcanhar com pedra pome e calçar sua sandália de verniz.

— Ele nasceu assim porque sua mulher vai mandar em você.

Como disse, vovó sabia de tudo.

Pastel português

— Tio.

— Não dá.

— Não é dinheiro, não.

— Estou com pressa.

— Um minuto.

— Tô atrasado.

Gerson nem vira o rosto, confirma no celular o atraso. Onze minutos.

A jovem, preta e apenas com a sandália do pé direito, fica para trás. Já a frustração dela, o cheiro, os cabelos desgrenhados e os dentes branquíssimos em contraste com olhos fundos acompanham o homem.

Enquanto espera o sinal verde do pedestre e se atrasa em mais um minuto, Gerson reflete sobre o que a moça queria. O pedido só podia ser... um doce. Pode parecer estranho, luxo descabido para quem passa fome, mas era o que ela iria implorar, acredita. Quem gosta de doce troca fácil cerveja por brigadeiro, pizza por quindim.

A ideia não surge à toa na cabeça lisa e lustrosa de Gerson. A moça está em frente a um ponto famoso no bairro: a loja de quitutes portugueses. Sucesso, tem fila na porta e pedidos aos montes pela internet.

Delicados pastéis lusitanos descansam no balcão envidraçado. Ovo, leite, fermento e açúcar em fornadas crocantes.

Massa finíssima e sabores estonteantes.

O clássico pastel de Belém, com recheio de nata e cobertura levemente tostada. Ao lado, um pastel de um denso doce de leite. Outro vem coberto de creme de amêndoas. No lugar reservado ao travesseiro de Sintra o espaço vazio fala por si.

A quinhentos metros do metrô, Gerson resmunga: "Eu podia pagar".

Uma ponta de amargura espeta o peito. Gerson aguarda o último farol de pedestre, mais quarenta segundos.

A duzentos metros da estação, pensa e repensa no doce sonho de moça, que ele, avarento e estressado, transformou em decepção.

Teve a chance de começar o dia com generosidade em tempos de tanto egoísmo. Perdeu a oportunidade e – covarde, ele mesmo se acusa – botou a culpa no tempo.

Desperdiçou minutos escolhendo a gravata. Demorou no banho. Exagerou nas mensagens nas redes sociais. Foi ele que deixou o tempo fugir.

Nove reais. Quanto vale o prazer de saborear um doce saído do forno?

Nove reais. Quanto vale satisfazer o desejo de quem precisa da bondade alheia?

Lembra a história que a mãe repetia com graça. Com o primeiro salário de recenseadora do IBGE, comprou um papo de anjo.

Na época, o doce da moda. Formato de empadinha, massa fofa de ovo, encharcada na calda de açúcar.

Primeiro comeu sozinha, depois chamou os pais, o namorado, a tia Diná, amigas... quase deixou o salário na luxuosa confeitaria do centro do Rio.

Após anos a namorar a delícia sem poder comprar por causa do preço, enfim realizava o desejo. O melhor doce do mundo já não era tão caro.

Chega de lembranças, o presente grita.

Enfim, a plataforma do metrô. O trem aponta no início do túnel. E agora, Gerson? Banca o atraso e o doce, ou corre para o escritório como um escravo envergonhado? São dez minutos até a moça, até o pastel crocante e seu recheio de natas lusitanas, de nove reais. Vai ou não vai?

Aniversariante do mês

Fosse fã uma profissão, eu me candidataria.

Ia trabalhar sem preguiça. Acompanharia turnês, montaria galerias nas redes, presidiria um fã-clube.

Vocação não me falta. Cresci apaixonado por craques maiúsculos do Botafogo. Porém, nem eu mesmo entendia minha preferência pelos coadjuvantes.

Em vez do Furacão Jair, era o grandalhão Fischer quem mais me encantava. Claro que adorava Marinho Chagas, titular da seleção, mas Perivaldo, o Peri da Pituba, me emocionava mais.

Até hoje é assim, entre o magnífico artilheiro Igor Jesus e Bastos, prefiro o zagueiro.

Na infância, também vibrava com desafios musicais. Votava em Wanderléa diante de Rosemary e em Jerry Adriani contra Wanderley Cardoso nas enquetes da Rádio Tamoio.

Que fã não deseja a glória? Nem tinha pelo no rosto e já fantasiava a vida de estrela. Para aumentar a ilusão, minha mãe pedia nas festas de família que eu imitasse Simonal e Jair Rodrigues. Num dia de bom senso desisti de vez, apesar da insistência de minha solitária fã.

Hoje, resignado com o anonimato, trocaria um encontro com o mais ilustre de meus ídolos por um acerto com o passado. Recusaria uma roda de viola com Chico ou uma taça de Malbec com Ricardo Darín por uma tarde com Constantino.

Constantino, um homem com muito a dizer.

Constantino, o pai de meu pai.

Constantino, o mais português da família Pinto. O mais enigmático.

Vi o rosto de pedra apenas em papel pálido.

Nariz e lábios finos, olhar direto, Constantino não precisava dizer o "x" para ficar bem na foto. Um galã de sobrancelhas fartas, cabeleira aprumada, orelhas discretas.

Se Perivaldo não passou para a história do futebol com as honras de Marinho, Constantino também não se tornou lenda na família como João, nosso outro avô.

João divertido. João valente. João vencedor.

De João, eu e meus dois irmãos soubemos tudo. De Constantino, quase nada. Apenas que comprava bacalhau e vinho em caixas e emprestava dinheiro aos amigos e até aos desconhecidos. Assim, a avó Nonô descrevia o amor de toda a vida.

Constantino pisou no Brasil de calça curta, aprendeu a ler e escrever com um guarda de trânsito negro e carioca. Brilhou no comércio com a fábrica de gravatas Brasil, numa época em que os homens não dispensavam o acessório e os meninos só entravam na escola se estivessem de gravata e com o laço bem ajustado. Trabalhou muito e morreu cedo.

O coração não teria suportado a pressão dos credores. Era mais de gastar do que de ganhar, o Constantino. E quem não é?

Volto à foto. A expressão serena e o queixo arredondado combinam com o paletó escuro, o nome grego. Lá se vão quase 130 anos daquele 11 de novembro em que Constantino Pinto chegou a este mundo, em Viseu.

Meu avô renasce numa tarde gelada em Lisboa, onde estive para lançar meu livro de crônicas, o *Birinaites, Catiripapos e Borogodó*. Se pudesse escolher, seria ele o primeiro da fila. Ganharia uma dedicatória, um beijo, um birinaite.

E o pedido preferido de todo neto: Vô, me conta uma história?

Sanfona e colchão

Casava e engordava. Virava outro homem, romântico, até mais bonito. Toda noite era noite. Sempre com ela, casa e bar, cama e mesa, apetite insaciável. Entusiasmo.

Separava e emagrecia. A dor de cotovelo invadia corpo, alma, vida. Um ex-marido torturado pela certeza de que tinha feito tudo errado. Desânimo.

A sanfona sentimental começara na juventude, se estendia depois dos cinquenta e – era certeza – ainda ia ganhar e perder muitos quilos.

Quem conta tudo isso a um amigo, enquanto espera uma mesa num restaurante, é um escritor de romances premiados.

Anônimo, um fã e aprendiz das letras, ouve, extasiado, a conversa do ídolo.

A garçonete chama o escritor e seu amigo para sentar. A aventura do fã e ouvinte, quase um detetive, ameaça acabar. Ameaça, porque no último minuto, ali na fila, o autor anuncia:

—História boa é a do colchão.

— Conta — pede o amigo.

Por algum motivo, o escritor não vai para a mesa e, de pé, conta a história. O fã estica o pescoço. A garçonete leva um drinque para a mesa ao lado.

— Meu pai, com mais de oitenta, me chamou. "Filho, já que lista de casamento você nunca teve, porque não casou de verdade, fiz uma lista de separado. É tudo baratinho, porque dependo do INSS".

— Que generoso — comenta o amigo do escritor.

— Meu pai abriu a mala. "Toma aqui, garoto: dois pratos, talheres, saleiro, toalha de banho, a assadeira, frigideira, lençol, colher de pau e o álbum de retratos que sua mãe amava".

— E aí? — pergunta o amigo do escritor.

— Aí que o velho me surpreendeu. "Comprei também um colchão novinho em folha. É de mola, resiste mais que o de espuma. Vão entregar em dois dias. Depois me conta".

O escritor ajeita a camisa por dentro da calça e conta que o presente vinha com um problema: o que fazer com o colchão usado?

Primeiro tentou vender no grupo de aplicativo, nada. Aí resolveu doar. O porteiro recusou.

"Já são 15 anos de casamento.Time que ganha a gente não mexe, doutor."

O asilo público aceitou, mas quando soube que ele morava no quarto andar de um prédio sem elevador, desistiu. O abrigo distante se interessou, mas pediu que ele pagasse o frete.

Rejeição demais para o veterano parceiro. Afinal, só tinha elogios para o já deformado colchão. Lembrou que, entre o forro e a espuma, tinha escondido dinheiro com medo do confisco num tresloucado governo.

O tecido reforçado também aguentou suor e outros aromas que deixaram marcas e manchas. A estrutura suportou malabarismos de noites inesquecíveis e também insônias.

Enfim, o escritor e o amigo se sentaram. Horas depois, o fã, acompanhado apenas da curiosidade, matutou em seu próprio colchão: como teria terminado o drama daquele talentoso contador de histórias?

No dia seguinte, ele cruza com o inesperado.

Dois jovens atravessam a Avenida São João com um colchão largo e grosso. O peso é sustentado pelas duas cabeças e colunas cervicais, os pescoços brilham suados e os braços tatuados apenas equilibram o que não conseguem levar. Como estátuas, motoristas e pedestres assistem. A carga corta a área mais abandonada do centro, onde tantos adorariam deitar em algo mais macio e limpo que a calçada.

Os carregadores enfim chegam ao destino, um prédio na mesma avenida. Em três minutos descem leves, livres e a balançar os pescoços.

Ainda paralisado na rua, o aprendiz pensa que se encontrar novamente o ídolo não vai apenas ouvir. Dessa vez, terá também a sua história para contar.

Majestade

É desses mistérios da vida. Por que a cada ano os dias passam mais rápido? A semana corre, o mês voa e aí vem a ladainha de todo dezembro.

— O ano tá acabando, que é isso?

— Mal passaram as férias de julho.

— O preço do panetone...

Minha jovem vizinha não dá bola para calendário. Para ela o tempo é largo, o rio é manso. Entendo bem, faz parte da infância e juventude.

Aos quinze esticou, aos vinte encorpou, aos vinte e cinco exibe sinais de maturidade.

É bela e elegante, a minha vizinha, moradora da Rua das Palmeiras. Nem sai do lugar e seduz quem a vê.

Não é de carne, osso e sangue a nossa musa.

É de madeira, folhas e seiva.

Uma jaqueira.

O tronco forte bifurca. No "Y", os dois braços crescem e se afastam como irmãos ciumentos. É caminho sem volta.

A copa se espalha e ninguém liga. A atenção está na parte baixa do tronco a dois metros de altura. Ali se penduram as jacas. Cascudas, gorduchas, ovaladas. Pelo menos vinte.

Alberto, balconista da padaria em frente, já escolheu a dele. "Tô só esperando madurar". Michele, vegana convicta, prefere verde. "Uso a carne pra fazer jaca louca, pastel. Uma delícia".

Já provei coxinha e estrogonofe de jaca, também me lambuzei mastigando uma bem madura e me surpreendi com o tamanho dos caroços. Digo com certeza absoluta: o que me encanta de verdade não é comer a jaca, e sim ouvir a jaqueira.

Ela não fala, claro, mas nossas melhores vozes cantam essa árvore.

Em "Meu Romance", de Leonel Azevedo e J. Cascata, Orlando Silva paralisava o Brasil nos tempos do rádio.

Embaixo daquela jaqueira
Que fica lá no alto majestosa
De onde se avista a turma da Mangueira
Quando se engalana com suas pastoras formosas

Se tinha "jaqueira majestosa" na Mangueira, a rival não ficaria atrás. Zé Ketti compôs a "Jaqueira da Portela", que o ainda desconhecido Paulinho da Viola gravou.

Quem é que não se lembra
Da jaqueira
Da jaqueira da Portela
Velha Jaqueira
Amiga e companheira
Eu sinto saudades dela

Virou declaração de amor maduro na homenagem de Gilberto Gil à sua mulher, na música "Flora".

Imagino-te jaqueira
Prostada à beira da Estrada
Velha, forte, farta, bela, senhora
Pelo chão muitos caroços
Como que restos dos nossos

Próprios sonhos devorados
Pelo pássaro da aurora, ó Flora

Embaixo de outra jaqueira, Chico Buarque cantou memórias de sua "Maninha", a Miúcha.

Se lembra da jaqueira?
A fruta no capim
Do sonho que você contou pra mim
Os passos no porão
Lembra da assombração?
E das almas com perfume de jasmim

A noite mais alegre do Nordeste, a de "São João", tem mais que jaqueira. É música de Luiz Gonzaga para o forrozeiro Manoelito Cidadão.

Manoelito é aclamado
Por todos no Jaqueirão
Manoelito você é o maior
Sujeito desse sertão, meu irmão
É no clube da Jaqueira
Da Fazenda Rancho Alegre
Que se brinca a noite inteira

Será o perfume, o porte, a sombra? Será a rima generosa, será o jeito brasileiro? Por que as jaqueiras conquistam nossos poetas e nossas cantoras?

Hoje de manhã fui até a calçada namorar a vizinha exuberante. Não encontrei resposta, só as jacas que crescem intactas.

Visitei a memória e encontrei uma casa antiga, de quintal grande na Rua Marquês de Valença, na Tijuca. Quando a jaqueira exalava o aroma da colheita próxima, a matriarca passava as noites em alerta na cadeira de balanço. Assim que ouvia o estrondo da jaca espatifada na terra, batia com força a bengala no chão de madeira. Filhos, noras, genros, netos, todos levantavam para recolher a fruta e preparar o doce da manhã seguinte.

— Por que as jacas só caem de madrugada? Perguntavam as sonolentas crianças.

— Mistério de jaqueira, respondia a avó encerrando a conversa.

De dia a gente senta, de noite a gente deita

— Nunca vi o Maurício tão feliz.

— Por que o Brasil ganhou o jogo ontem na Copa, Fabíola?

— Nada disso.

— O que houve?

— Vou mostrar, Luciana. Olha a foto.

— Um sofá? É isso que está deixando seu marido tão alegre?

— Não é o sofá, é o contexto.

— Ih, essas palavras da moda dão nos nervos. Antes desse tal de contexto me conta do sofá. Vai que o Cristiano também muda de humor com um desses? Vermelhão, né?

— Sim, de suede.

— Que isso?

— É um tecido, parece veludo. Só que é mais barato, não esquenta e pode lavar. Tem aos montes lá na capital.

— Lindo.

— Olha essa outra foto. O primo do Maurício, a mulher, os dois filhos e os dois cachorros vendo o jogo anteontem. Todo mundo no sofá. Maior festa no golaço do Roberto Dinamite. Toda hora o Maurício repete que agora tem lugar para receber as visitas.

— Quanto custou?

— Essa é a parte ruim, ainda bem que o Maurício dividiu em doze cheques e antes de fechar negócio me levou lá.

— E você?

— De início não queria. A gente já tem duas poltronas, fora as cadeiras da mesa de jantar. Então, o vendedor explicou. Sofá é caro porque leva madeira, espuma, ferragens, mas se for bem cuidado dura mais que casamento. Deu uma risadinha amarela e me convidou pra sentar.

— E?

— Nunca me senti tão confortável. E sabe o que mais o vendedor falou?

— Não.

— Deita. Aí, quando eu ia deitar e o Maurício também, ele puxou a parte de trás. O encosto deslizou e formou uma cama de casal.

— Como é isso?

— É uma novidade. Chama-se sofá-cama. De dia a gente senta, de noite a gente deita.

Roberto Dinamite e cheques pré-datados indicam que a conversa não é de hoje. E o sofá-cama, mesmo "muuuito antigamente", já era conhecido. Novidade, só em Agudos, vizinha de Bauru.

Fabíola, a dona do sofá, e Luciana – que agora liga de um telefone preto e pesado – conversam sem pressa, em um dia qualquer de 1978, o ano da Copa da Argentina. Chegamos em terceiro.

— Outro dia quando liguei o Maurício tava eufórico...

— É que a gente tinha acabado de namorar. Sabe onde?

— No sofá?

— Hahaha, como você conhece a gente.

Em tardes sossegadas, as jovens amigas se espalhavam no estofamento macio, agora de gorgurão azul-petróleo. Passavam as vidas a limpo e Fabíola brincava.

—Ah se o meu sofá falasse.

— Tem mais ainda?

— Nem te conto.

Ganhou cera nos braços de madeira, um remendo na parte traseira e brilhou em mais uma festa de fim de ano. Todo mundo queria sentar nele.

Chegamos a 1984, ano das Diretas Já. Juntos no sofá, os casais vibram com a cobertura ao vivo dos comícios e depois esticam a noite com pizza, cerveja e algo mais.

— Lu, tô grávida de gêmeos!

— Uau, foi naquela noite que vocês falaram para o Cristiano e eu dormirmos no quarto que vocês iam ficar na sala?

— Acertou. Foi no sofá.

— Amiga, tô precisando de um sofá novo. Quem sabe o Cris não se anima e aumenta a família?

1990: Collor dá uma tunga no país inteiro e até a reforma completa do sofá fica para depois.

Na rotina do casal de gêmeos nada muda: as tardes de desenho animado são regadas a chocolate quente e biscoito recheado, tudo no sofazão da sala. Já os pais, não se deitam nele faz tempo.

O século mudou, a Copa é a de 2002. Somos Penta.

— Lu, você sempre curtiu o sofá e se a loja lá de Bauru não tivesse fechado, você e o Cris já teriam comprado um igual, né?

— Nem fala.

— Então, se quiser eu te vendo.

— Como assim?

— Fica só entre a gente. O Maurício vai ser transferido para a capital, será gerente do banco.

— Parabéns. Ainda dá tempo de torcer pelo Brasil hoje, todo mundo aí no sofá?

— Beleza. Sabe lá quando sentaremos juntas outra vez.

O sofá acomodou a torcida com tecido novo: *chenille* verde com losangos laranja. Mais aconchegante, comentou o Maurício tentando abraçar a Fabíola.

Leitoras e leitores mais atentos se lembram da piada infame do vendedor sobre casamento. Pois é, o homem tinha razão. Um bom sofá suporta tudo, já um casamento, nem sempre.

Assim começa a conversa vinte anos depois, em 2022. Lá se vão 44 anos da compra do sofá.

— Amiga, deu ruim.

— Fala mais alto, não tô ouvindo bem. Primeiro era o ouvido esquerdo, agora são os dois. É a política? Vai dizer que você vai votar no...

— Nada disso.

— Então, diz.

— Estamos nos separando.

— Como assim, vocês estão perto das bodas de ouro.

— Pois é, devia ter tomado coragem antes.

— Te traiu?

— Durante anos. Um canalha.

— Poxa, o que deu no Maurício?

— Não sei nem quero saber. Mentiu até o fim, mas a vagabunda, com idade para ser filha dele, se entregou pelo celular. Nossos filhos e netos ficaram chocados e o sonso do Maurício saiu de fininho para um *flat*.

— Como você tá?

— Pensando bem, foi bom.

— Não diga.

— Nunca me adaptei à cidade grande. Tô voltando aí para Agudos. Vida nova na casa velha.

— Conta com a gente. O Cris operou e está melhor.

— Posso pedir um favor?

— Dois. Só na sexta é que tô ocupada porque tem jogo do Brasil.

— Vai ver no sofá?

— Claro.

— É sobre isso.

— Desembucha.

— Eu quero o sofá de volta. Tenho saudade dele, era um tempo tão bom. O melhor da minha vida. Você me revende?

— Lógico, tenho certeza que o Cris concorda.

— Amiga, sempre achei teu marido perfeito.

— Eu também.

As duas riem, como sempre.

É a Copa do Catar. O Brasil volta para casa mais cedo e a vida continua.

Luciana passa a usar aparelho de surdez. Cristiano, recuperado da cirurgia, caminha cinco quilômetros por dia.

Fabíola vira vegana e recebe os netos paulistanos nas férias. Os meninos pedem para dormir no sofá. Uma capa impermeável protege o sobrevivente. São 45 anos de história.

De Maurício nada sabemos. Se depender de Fabíola, vai dormir num sofá duro e gelado pelo resto da vida. Porém, justiça seja feita, sem Maurício não teríamos o sofá e muito menos a história.

Alegria à prova d'água

Até os dezessete anos, eu rezei. Orações com fé e hora marcada. Ave-Maria e Pai-Nosso, sempre no sábado à noite. A prece não era para entrar em baile de adulto, tampouco para que o bilheteiro me deixasse ver o filme para maiores de dezoito anos; também não implorava por ajuda para conquistar a namorada que tanto me fazia falta no fim da adolescência – aliás, no início e no meio também.

Meu clamor era mais urgente: que não chovesse no dia seguinte. Domingo, três da tarde, na então deserta Barra da Tijuca, era o horário em que o nosso time, o Verde e Branco – nenhuma ligação com Palmeiras –, entrava no campo de terra do Marapendi. Se vinha água lá de cima, a cancha virava pântano, a bola não rolava Que chovesse a semana toda, domingo nunca. Jamais. Com a bênção dos santos ou dos ventos, a maioria dos clássicos foi na terra seca.

O tempo ensinou que chuva miúda, de preferência antes do primeiro apito, era bem-vinda, refrescava os times, amaciava a terra, baixava a poeira.

Hoje, quando vem a chuva, paro para observar a vida e a gente da rua.

A água, mesmo que pouca, transforma a cidade. O pedestre que antes flanava distraído, quase corre de volta para casa. Medo de apagão, alagamento, tragédia.

Um boteco recolhe as cadeiras, outro estica o toldo, clientes fogem para dentro como que diante de um dilúvio.

O trânsito, que no meio da tarde fluía lento, mas fluía, para. O preço da viagem do carro por aplicativo triplica, o táxi desaparece, o moço da CET também.

A Avenida Angélica se torna um estacionamento. Com capuz na cabeça, subo a pé e deixo carros e ônibus para trás.

Logo descubro que o chuvisqueiro não é o único culpado. Do lado direito da avenida, três viaturas e duas motos ocupam uma faixa. Na calçada, oito policiais examinam documentos e mochilas de dois ciclistas. Dois rapazes de mão na cabeça, pernas abertas e olhares gelados.

Serão trabalhadores expostos injustamente? Serão ladrões de celular? Quem é quem? A pequena tropa ainda não tem a resposta. De minha parte, posso garantir que o sufoco dos dois rapazes é o atrativo da multidão congestionada. "Parecem de família", comenta o zelador do prédio vizinho. "Eu não boto a mão no fogo nem com luva de amianto", comenta a vendedora da farmácia.

Cem passos à frente, a causa principal do furdunço: uma frota de betoneiras fecha quase a metade da avenida. O barulho altíssimo cala o bate-estaca e as buzinas. Mais uma torre começa a subir.

Com os vidros fechados, o motorista da betoneira namora seu celular.

Uma dupla me desperta. Pai e filha descem do ônibus. Ele segura a mão da menina com a direita, na esquerda carrega a mochila e o celular, o guarda-chuva vai embaixo do braço.

A garoa aumenta, vira chuva, lava calçada, arrasta bituca, encharca a azaleia, mata a sede da tipuana.

Pai e filha se protegem sob a marquise e a menina, de no máximo seis anos, pede:

— Pai, faz aquela brincadeira?

O sorriso que brota no meio da barba espessa é a resposta que a garota desejava. Ele levanta a filha, que sobe escápulas, clavículas e então se acomodada sobre os ombros fortes. As duas perninhas abraçam o pescoço. A dois metros e meio de altura, a mão pequenina abre o guarda-chuva.

Ela se delicia com a aventura de proteger o pai e ver o mundo lá de cima. Ele sacode os ombros de leve, a menina ri ainda mais. Talvez as únicas almas felizes na tarde molhada.

— Tá frio aí em cima?

— Siiim!

— Tá vendo planetas da torre de comando?

— Siiiim, pai! Os anéis de Saturno, tô vendo.

Por trás das janelas fechadas e embaçadas, o povo vê pai e filha a se divertir com a brincadeira que eles mesmos inventaram.

A cinquenta metros da escola a pequena pede: “pai, vai bem devagarinho”.

De rabo a cabo

Aprendi a ler jornal com meu pai. Edgar abria as páginas e traduzia as manchetes:

Inflação quer dizer que os preços subiram e o dinheiro de hoje vale menos que o de ontem.

Imposto é aquilo que ninguém gosta de pagar.

Transamazônica é a estrada que vai cortar a maior floresta do mundo.

A vida é melhor pra quem lê jornal, dizia convicto.

"A gente sabe se o dia seguinte será de chuva ou de sol, se vai faltar água no bairro, se informa sobre o mundo. No mínimo, ganha assunto."

A cada explicação, lia um resumo da notícia para meus irmãos e para mim. Mas a gente queria mais.

— Por que tem anúncio?

— Porque sustenta o jornal.

— E turfe, pai? É aquele esporte com prancha?

— Não, com prancha é surfe. Turfe é corrida de cavalo.

Meu pai, que não era jornalista, sabia de tudo e a gente tinha certeza que era porque ele lia jornal. Assinante de *O Globo*, se agarrava aquelas páginas e levava todos os cadernos para o único banheiro de casa – azar de quem não entrasse antes. Depois, continuava na cozinha, junto com o café da manhã e terminava na sala. Só então penteava o cabelo, esguichava desodorante nos sovacos e dava o nó da gravata.

Devorava de cabo a rabo, ou melhor, de rabo a cabo, porque começava pelo final, nas páginas do esporte, com os artigos de João Saldanha e Nelson Rodrigues. Depois economia, política. Partia então para o caderno de cultura. Se divertia com as histórias em quadrinhos – *Recruta Zero*, a preferida.

Aí uma nova leitura: as cartas dos leitores, os classificados com oferta de imóveis, conserto de pianos, aluguel de cadeira de rodas. Tinha interesse especial pelos avisos das missas de sétimo dia e velórios.

Dobrava o jornal com carinho e deixava para quem quisesse ler numa revisteira de vime ao lado do sofá da sala. Agora, sim, estava pronto para o dia.

Só não perdoava que alguém lesse o jornal antes dele. Aí era esculacho e até castigo.

Ávido para ver o pôster do Flu campeão, meu irmão não resistiu: na ponta dos pés, abriu a porta e pegou o jornal. Viu a foto do time do coração, dobrou o calhamaço e até pediu que a gente conferisse. Concordamos, parecia intacto. Mas quando meu pai acordou e pegou *O Globo* no corredor do prédio em que morávamos em Vila Isabel, avermelhou-se em fúria.

— A página do Esporte está amassada. Quem mexeu no meu jornal?

O medo nos calou. Sem saber quem era o vilão e reconhecendo que seria um exagero qualquer corretivo, bateu a porta com força e foi até a rua comprar um novo exemplar. Para ele, existiam dois *O Globo*: o virgem e o de embrulhar o lixo.

Pelo mesmo motivo quase cortou relações com o vizinho da frente. Djalma, curioso para saber se o filho tinha passado no vestibular, também desvirginou o jornal, que trazia a lista completa dos aprovados. Mais um tolo que achou que meu pai não perceberia. Quase perdeu o amigo.

Minha mãe não dava bola para a notícia. Pouco importava se a manchete era de hoje ou da semana passada. Lia jornal velho como chamariz do cochilo depois do almoço. Então, mergulhava no horóscopo, coluna social, crítica de cinema. Ajeitava os óculos e dividia com a gente a seção *O Bonequinho Viu*.

— Quando o bonequinho aplaude, o filme é bom. Se aparece reto na cadeira, dá para assistir. Dormindo, não presta.

Adorava, a ponto de recortar e guardar, as crônicas de Artur da Távola e de Elsie Lessa. Meia hora e as pálpebras pesavam, o jornal então se transformava num lençol e ela se escondia embaixo das notícias. A imagem nos assustava porque naquela época a polícia cobria assim as vítimas de morte violenta. Ela brincava e pedia descanso.

"Meninos, tô bem viva. Mas faz de conta que fui ali e já volto."

Talvez tenha nascido assim o meu amor pelo jornalismo. Ler a edição de papel ainda é prazer diário. Como meu pai, gosto de sentir que sou o primeiro a sujar as mãos com as manchetes, mesmo que falte alguém para desarrumar as manhãs e as notícias.

Os Sabiás e o Bem-te-vi

No verão de 1967 um grupo de sabiás pousou em Ipanema. Meia dúzia deles.

Os sabiás. Assim eram chamados os escritores Rubem Braga, Vinicius de Moraes, Fernando Sabino, José Carlos Oliveira, Paulo Mendes Campos e Sérgio Porto – o Stanislaw Ponte Preta.

Todos na cobertura de Braga. Elegantes na sobriedade de ternos e gravatas a encarar com firmeza e simpatia a lente de Paulo Garcez.

Era o ensaio fotográfico para a divulgação de uma nova casa de escritores, a editora Sabiá.

No fim de 2022, o professor e escritor Augusto Massi organizou uma antologia com textos dos seis autores. Leitura magnífica para quem gosta de crônicas. Aliás, para quem não gosta também.

O nome do livro? *Os sabiás da crônica*. A capa, claro, é uma das fotos de Paulo Garcez naquele verão carioca.

57 anos depois do clique, encaro novamente os sabiás. Já li, reli e reli. Agora, de curioso, vasculho a foto, paro nos bicos reluzentes dos sapatos de Braga, na gravata listrada de Sabino, na mão no bolso de Paulo Mendes, nas cabeleiras bem engomadas.

Então, um som na área de serviço interrompe minha contemplação.

É um guincho, quase um gritinho abafado. O apartamento em que moro tem uma área de serviço, onde bate o sol e escorre a chuva. A antiga moradora botou uma tela, dessas que se usam em janela para evitar acidentes. Ali, um pé de maracujá se espraia apoiado na corda de náilon. Perto da planta, enxergo o dono da voz. É um pássaro rechonchudo. Peito amarelo, bico largo, ele guincha sem trégua.

Corto um pedaço de mamão, o bicho nem olha. Ofereço água num pote raso, a indiferença é a mesma. Ele voa no pequeno espaço.

Pra lá, pra cá. Pra frente, pra trás.

Afasto a tela da parede e abro caminho para que retorne à sua rotina. Mas a liberdade é desprezada. Os voos rasantes continuam.

Escurece e entre a folhagem que refresca a área de serviço ele, enfim, sossega.

Às cinco da manhã, acordo com novos guinchos. Volto ao meu modesto jardim e lá está o pássaro. Talvez em jejum. Mamão e água intactos. Teria caçado minhocas nos vasos de planta, engolido algum inseto?

Tento interpretar os voos. Sente-se preso, como numa gaiola gigante? Por que não para um pouco e descansa?

E afinal, por onde entrou o colorido visitante, vítima da própria aventura?

A vida ensina que quando não se sabe é melhor perguntar. Uma amiga, estudiosa da natureza, me acalma. "Deixe todas as portas abertas que ele se vira. Se entrou, sai. Melhor não tentar tirar porque eles se estressam. Vai dar certo".

Obedeço. Escancaro portas, janelas. Até o banheiro está livre para ele. A rota não muda, vai de um extremo ao outro. São dez metros do topo de um armário de tranqueiras para o ramo de uma samambaia. Vai e volta com as asas aceleradas. Incansável.

Percebo que estou mais agitado que o voador. Consulto então outro especialista: passarinheiro juramentado, dono de sítio e íntimo das manhas e penas de cada pássaro.

Fotografo o bicho e mando para ele. José responde na hora com mensagem de texto.

— Oi! É bem-te-vi.

— Achei que fosse sabiá.

A reação de meu amigo é como se eu confundisse a Ivete Sangalo com a Ana Maria Braga.

— Naaão. Sabiá é marrom-escuro, às vezes avermelhado, é bem maior, canta bem. Sabiá é o pássaro símbolo de São Paulo. Nada a ver.

Disfarço a gafe e José avança na investigação, mesmo à distância.

— Deve estar se protegendo ou do frio ou de algum predador, ou, simplesmente, descansando. Outra hipótese é que esteja ferido ou doente...

São duas da tarde. Não escrevi, não li o jornal, não almocei, esqueci de passar no sapateiro. A vida congelada por um bem-te-vi.

José me avisa que já saiu do trabalho e decidiu por uma operação-resgate.

— Vou pro sítio, em Bragança Paulista. Passo aí, pego o bichinho e levo pra uma veterinária amiga cuidar dele. Depois solto no mato. Enquanto isso, arrume uma caixa de papelão e faça uns furos. Ele vai viajar dentro dela.

Compro a caixa numa papelaria e volto para casa. José chega primeiro e me espera na portaria. Subimos juntos e apressados.

Logo descobrimos: o bem-te-vi se foi.

José me olha, metade aliviado, metade frustrado. Tinha gostado da aventura. Eu também.

— Zé, não se preocupe, olhe os sabiás que tenho aqui.

Ele abre o livro, a gente esquenta água pro café e agradece ao bem-te-vi.

Bandeja

Envolta em papel celofane colorido, uma bola Hércules de couro laranja, costurada a mão, 32 gomos. Stênio, de nove anos, hesitou em levar o presente para rolar no asfalto oleoso e áspero da Rua do Tijolo, no bairro da Piedade. "Guarda no armário", aconselhou Stela.

Stênio concordou com a mãe. Gramado fofo e bem verde, isso sim era o que a pelota lustrosa merecia. Já os amigos, insistiram.

Marcílio, o pai, decidiu pela família. "Filho, dei pra você jogar. Vai lá". Stênio desceu quicando a bola e logo dois times se formaram.

A pelota já estava ralada e manchada, quando o pai explicou o presente fora de hora: o dinheiro vinha das gorjetas no restaurante em que trabalhava de terça a domingo.

Surgiram outras surpresas. Boneca Susi para a irmã e Jovem Cientista para o mano mais velho.

No restaurante Filé Dourado, Marcílio não era o preferido da freguesia à toa. Antes do paletó branco e da gravata-borboleta, batalhou como faxineiro, lavador de pratos, ajudante de cozinha e só então pôde equilibrar copos e pratos nas bandejas.

Em casa, Marcílio silenciava a novela e saciava a curiosidade de Stela e dos três filhos.

— Alguém pediu para devolver o prato, pai?

— Aquele moço que sempre reclama do filé tava mais feliz?

— E o rabugento que resmunga com a conta, deu as caras?

—Marcílio, o Seu Domingos, o da gorjeta, tava de bom humor?

Marcílio contava aventuras da vida real em detalhes. Como num filme, a família "via" o marido e pai puxar a cadeira para a senhorita e o cavalheiro, depois botar o guardanapo no antebraço e anotar os pedidos com a letra firme e bem desenhada. Depois, "assistiam" a Marcílio entregar os pedidos na boqueta – aquela abertura arqueada que comunica o salão com a cozinha.

Um dia, justo na hora de anotar o supremo de frango de seu Antenor e madame Cecília, a caneta falhou. Para não atrasar, guardou na memória, enquanto distribuía os guardanapos de pano, pães, manteiga e azeitonas. Testou mesas maiores, de seis e até oito lugares. Nunca mais usou o bloco.

Quanto mais desafiava os neurônios, mais facilidade tinha para guardar. "Memória de Mamute", brincavam os colegas.

Num dia antigo, bem antigo, Marcílio não foi trabalhar. Na manhã seguinte, também não. À noite, a novela foi o único som na sala.

Marcílio perdera as bandejas, as gravatas-borboleta e as histórias. O Filé Dourado ia dar passagem a um viaduto.

Stela vendeu bolos, costurou, deu aula particular. A vida seguiu e as crianças cresceram.

Marcílio se aposentou como vigia noturno no mesmo ano em que Stênio começou a trabalhar numa grande emissora de tevê. A missão era simples e, ao mesmo tempo, crucial. Cabia a Stênio ligar para o elenco da novela, avisar horários de gravação e mais: enviar os capítulos escritos para atores e atrizes.

Não havia celular nem computador, mas Stênio tinha a memória afiada e, quando não conseguia falar, escrevia bilhetes com a mesma letra bem desenhada aprendida na infância

Em pouco tempo, Stênio era admirado na empresa. Quando o motorista adoeceu e não pôde entregar os capítulos, Stênio pegou a própria moto e garantiu o serviço. Em outra vez, localizou uma atriz avoada, que se esbaldava num hotel-fazenda com o namorado.

Um amigo, galã estrelado, chamou Stênio para jantar. A conta foi paga em dinheiro vivo pelo ator.

Stênio pegou duas notas de cem cruzeiros do bolo de dinheiro do amigo e colocou em cima da mesa triplicando a gorjeta. O amigo arregalou os olhos, mas a fila de fãs em busca de um autógrafo e o sorriso guloso do garçom transformariam qualquer reação em vexame.

Na saída, o artista exigiu explicação.

— Stênio, por que você pegou o meu dinheiro? Não entendi.

— Nem vai entender. Você lá sabe o que é ter pai garçom?

A conversa foi interrompida por um assobio em ritmo de samba. Era o garçom a caminho do ponto de ônibus na noite morna do Leblon.

Casa Verde, casa cinza

Em São Paulo há um bairro chamado Casa Verde, na beira do rio Tietê. Pelo que se conta, foi uma fazenda em que a casa "do sinhô" imitava a cor do mato e da copa das árvores. O crescimento compulsivo da cidade engoliu a várzea e devastou quase tudo. A boiada mansa e a lavoura desapareceram. O nome resistiu.

No bairro em que moro também tem casa verde. Uma casa mesmo, dessas de morar ou abrir negócio. Tornou-se famosa porque ali se consertavam malas, bolsas e sapatos. Fosse o que fosse, de meia sola ou sola inteira, de fecho ou zíper, de remendo ou troca de rodinhas. Porfírio, uruguaio falante e habilidoso, não devolvia serviço. Trabalhava muito, cobrava pouco e freguesia nunca faltou.

Num fim de semana, Porfírio encheu as próprias malas e se mudou. Deixou uma placa com o novo endereço.

Até as sábias sabiás sabiam. A casa verde iria ao chão a qualquer momento.

Uma construtora comprou a área para levantar um arranha-céu.

As vizinhas mais próximas à casa verde viraram poeira. Um boteco de prato feito, forte e farto; o salão da Dolores especializado em depilação; o mercadinho da Solange, que tinha de tudo; o chaveiro.

A casa verde, mesmo com a parte da frente vazia depois da mudança do sapateiro, ainda resistia porque nos fundos havia uma pensão. Dessas que alugam quartos para "rapazes solteiros e moças de família".

A gente do bairro olhava impotente. Uma casa ou loja que é demolida enterra junto um ecossistema de sentimentos, de histórias, de convivência. É muito mais que um CEP apagado.

A melancolia não é só dos moradores. Pedreiros emprestaram talento e suor para construir cada parede. Pergunte a eles o que pensam dessa onda de demolições pela cidade. Se preferir, indague a um escritor o que ele acha de rasgarem um de seus primeiros livros porque as páginas estão amareladas.

*

Poucos dias depois da mudança da sapataria, uma tragédia estarreceu a Vila Buarque. Ao contrário do que todos esperavam, a casa verde não foi demolida. Desapareceu de forma traumática.

Já conto a triste surpresa. Por enquanto dou mais detalhes da casa de dois andares, janelas largas e sua gente. Ali moravam oito pessoas. Oito solteiros, oito amigos, que juntos formavam quase uma família.

Usavam a lavanderia, a cozinha, viam tevê, se revezavam em duchas no único banheiro. Pagavam seiscentos reais por mês pelos pequenos quartos.

Todos trabalhadores. Otávio, cozinheiro na padaria da rua de trás. Dona Lola, funcionária de uma loja que conserta rádios e televisores. Joelson, manobrista. Edelvan mecânico.

Numa das últimas madrugadas daquele verão, todos acordaram com um calor infernal, muita fumaça e barulho.

Sabe-se lá como, o fogo veio forte, engoliu portas, telhado, móveis.

Quem pôde correu para a rua e quem não pôde pulou pela janela. Foi assim com a dona Lola, uma senhora de olhos vivos e corpo esguio. Há dezesseis anos na pensão, ela sabia que não conseguiria sair pela frente. Saltou para a vida do segundo andar e foi resgatada pelos bombeiros. Sofreu um arranhão no cotovelo.

Já as roupas e a pequena mobília, que comprou no crediário, não existem mais.

— O que o fogo não queimou a água do bombeiro estragou, moço.

— A senhora tem pra onde ir? Eu pergunto.

— Meu patrão vai me ajudar, os vizinhos daqui também. É tudo boa gente. Ganhei essa camiseta que estou vestindo, pasta e escova de dentes. Por enquanto vou para outra pensão ali na frente.

Dona Lola chorou junto com o amigo Otávio – o cozinheiro da padaria – a morte do vizinho aposentado. Aparecido, de 88 anos, não conseguiu fugir das labaredas. Ele ajudava a administrar a pensão e uma vez por mês almoçava espaguete à carbonara num restaurante em frente.

— Ontem mesmo a gente conversou. Eu vi quando ele levou o lixo pra fora — agora é Otavio quem me conta.

A notícia apareceu na internet e mereceu míseros segundos no telejornal da noite. A prefeitura ofereceu abrigo e cesta básica. Os vizinhos chegaram para ver as ruínas e dar uma força, mesmo sem saber o que se diz para quem perdeu o pouco que tinha. E o pouco era tanto...

Um homem desabou de emoção nos braços de outra moradora da pensão. Os dois choraram baixinho.

— Se tivesse mais tempo, a gente salvava alguma coisa.

O tempo. Em minutos, o quarto desapareceu.

— Era pequeno, limpo e bem ajeitadinho. Outra vez é a Dona Lola quem me explica.

Ao lado dela, um jovem com o rosto sujo de fuligem fala ao celular

— Pai, a gente virou desabrigado e agora?

O rapaz perdeu mobília e roupas. Também viraram cinzas seus documentos, alguns livros e celular com as mensagens, os contatos, as lembranças.

A casa verde resistiu de pé. Agora cinza, semidestruída e interditada.

Mais oito trabalhadores desabrigados passaram a procurar um teto em São Paulo. Apesar da tristeza tão doída, não houve minuto de silêncio pela morte de Aparecido. O bate-estaca e a serra elétrica não permitiram.

Sofá pela Janela

Nos dois caminhões de mudança, o Nordeste mandou seus representantes. Só faltou o Ceará.

Na cabine, o baiano Gouveia, Nivaldo, do Piauí e Alan, potiguar. Na parte de trás, vieram o alagoano Evandro e o sergipano Raphael. Do caminhão menor, desembarcaram Valfrido, filho de Pernambuco, Nestor, da Paraíba e seu Pereira, maranhense de Colinas. Ah, e de São Paulo, talvez o mais nordestino dos nossos estados, veio o Wanderson.

Nove vozes. Nove sotaques. Nove homens com a mesma profissão: auxiliar de mudança. Implico com o "auxiliar".

Que também aparece no "auxiliar" de limpeza, no "auxiliar" administrativo, no "auxiliar" de enfermagem.

Ora, ora. São os que fazem a faxina, os que conhecem a alma do escritório, os que acalmam a nossa dor. Por que auxiliares, se resolvem o principal?

Os profissionais que chegaram ao bairro chique para fazer a mudança de Irene trabalham com cuidado e máxima concentração. Riscar espelho ou lascar louça é como perder pênalti na decisão – mancha o currículo e pode custar o emprego.

A dona da mansão abre a porta com as marcas da insônia. Arrasada pela quase fuga do parceiro, que partiu de repente, e assustada pela solidão depois que cada um dos dois filhos escolheu um destino distante onde não havia lugar para ela, Irene decidiu trocar a casa enorme, com jardins e piscina, por um apartamento de sala e dois quartos. É espaço suficiente para ela e a peluda Cocada.

Em outras insônias, nesta mesma semana, a dona da casa guardou em sua mochila pequenos tesouros. Numa caixa dourada de papelão, as cartas que escreveu e nunca mandou e algumas que recebeu e relê até hoje.

Também preservou o guardanapo respingado de cerveja com o autógrafo de Tom Jobim, o ingresso de um show de Stevie Wonder em Nova York, o convite do baile de debutante de Karina, até hoje sua melhor amiga.

O troféu maior embrulhou bem embrulhado: dentro do porta-retrato, com moldura de madrepérola, a foto em que o ex-marido e os dois filhos aparecem em Campos do Jordão. Os três lindos e bravos porque Irene preferiu dar o clique em vez de posar. Os homens de sua vida implorando por ela.

Os homens de sua vida agora são outros e estão ali a esperar em respeitoso silêncio o fim de sua viagem ao passado.

Eles entram esfregando os pés no capacho e as mãos umas nas outras, como a dizer: "bora ralar?".

A equipe embala copo por copo, prato por prato, depois talheres, panelas.

É a vez dos móveis. Começa aquele malabarismo em que uma cama de casal ou uma geladeira grande precisa passar por um vão estreito ou descer uma escada. Cada um segura de um lado, um terceiro orienta.

— Vai, entra você.

— Dá um passo pra trás.

— Deixa cair de leve.

— Isso, agora levanta. Suaaaave.

— Mais um passinho. Pronto.

É como estacionar uma jamanta em vaga apertada. E como manobram bem. Irene vê tudo de longe, se no início se incomodou com a agitação provocada por tantas vozes, agora admira a união daqueles homens fortes, que levantam fogão, poltrona e pilhas de livros como se fossem de isopor.

Na manhã seguinte, Irene espera a equipe no novo apartamento. Ágeis e ao mesmo tempo serenos, eles distribuem caixas pela casa, montam móveis. Como cortesia, penduram quadros.

O sofá principal, um tanto roliço para o novo endereço, não coube no elevador. Monta-se na sala um grande carretel, que desenrola duas cordas grossas. Elas descem pela janela até chegar ao térreo. Lá embaixo, o móvel é bem amarrado. Começa o içamento. Só quem faz força é a máquina. Em menos de um minuto o gigante de veludo preto sobe ao décimo-quinto andar e entra pela janela da sala, que foi desmontada para a estrela da mobília assumir seu lugar.

Não faz tanto tempo, era no braço. Vários homens puxavam cordas para que um piano ou um guarda-roupa de oito portas chegasse sem cicatrizes. E eles chegavam.

A equipe se despede. Aqueles nove homens, habilidosos em seu trabalho tão importante, inspiram Irene, que enfim se anima com a nova casa.

Porém, ela se encanta mesmo é quando ouve, do outro lado da parede, a voz do vizinho. É Leo, de cinco anos.

“Vôôô! Eu vi um sofá voador. Ele entrou pela janela da vizinha. Eu filmei tudo e vou te mandar”.

Produtividade

— Eu sentei o dedo com vontade no interfone lá do prédio. Fiz igualzinho no trânsito. O sem noção para na tua frente, o verde acende e ele lá no celular. Aí, é biiiiiiii! Biiiiiii! Biiiiii! Sei que é errado, mas se não buzino o que acontece?

— Não sei.

— Com ele não acontece nada. Tá dentro do carro, ouvindo música, digitando, folgadão no ar-condicionado. Já eu, perco tempo. Meu dinheiro vai embora. A gente trabalha por entrega, tá ligado?

— Como assim?

— Quanto mais rápido o frete, mais lucrativo é. Sabe o nome disso?

— Não.

— Chama pro-du-ti-vi-da-de. Muita entrega em pouco tempo é igual a mais dinheiro no fim do dia, o encarregado me explicou. Eu trabalho por produtividade. Adoro essa palavra: produtividade.

— Isso é produtividade ou exploração?

— Daqui a pouco a gente fala disso, grande — Rodrigo chama todos de grande e, às vezes, de senhor — Antes deixa eu te contar o que rolou no prédio. Na real, eu toquei o interfone com ódio.

— Por quê?

— Noite zoada, um monte de pedido, temporal dos infernos. Eu, encharcado, encosto a moto e peço pro porteiro receber a encomenda.

— E aí?

— Ele diz que não pode sair da guarita e manda tocar no apartamento. Toco, toco e nada. Até que depois de um tempo, uma voz de sono diz: "Sobe aí".

— E você?

— Disse que eu não podia subir e pedi que ele descesse.

— E ele?

— Demorou mais um monte, depois avisou: "Tô descendo".

— Como foi?

— Me aparece um cara de uns quarenta anos, pijama de bolinhas, arrastando as pantufas e mexendo no celular. De repente, tira o fone de ouvido e dá um berro: "Vai tirar o pai da forca? Quer destruir o interfone? Que susto! Quase deixei cair a comida japonesa". Ele gritou mais:

— *Você tá aqui para entregar a comida que eu mandei trazer ou veio fazer escândalo?*

— *O senhor demorou a descer...*

— *Senhor, muito bem. É assim que eu gosto. Presta atenção, eu demoro o tempo que eu quiser. Tô pagando. Me dá logo esse troço e aprende a esperar com educação. Da próxima vez te denuncio.*

— *(Rodrigo fingiu que não ouviu) O senhor vai pagar com cartão?*

— *(Com riso cínico) Tô pensando...*

— *Assim, vou ter que cancelar a entrega.*

— *(Bufando) Toma aqui o cartão, aproxima logo. Vai, vai, some daqui.*

— É sempre assim a rotina do entregador?

— Não, tem muita gente legal, bem educada e generosa.

— Como é?

— Pessoas que perguntam o seu nome, cumprimentam, se desculpam quando atrasam. Muitas dão gorjeta. Outro dia uma senhora me ofereceu um chocolate. Tem uma freguesa de Pinheiros que já desce com um copo d'água, às vezes mate.

— E a turma da entrega?

— Tudo irmão. Se fura um pneu, já chega uma galera pra ajudar, o mesmo quando o tanque seca.

— E a produtividade como fica?

— A gente é irmão, depois sai a trilhão e recupera o tempo. Desde a pandemia tá sobrando serviço. O povo quer tudo em casa, na mão. É nóis, entendeu?

— Não.

— É nóis que vai fazer o trampo. Teve sábado que eu fiz mais de trinta entregas: compra de mercado, farmácia, lanche, jantar. Em cada uma, ganho dez reais. Faz as contas.

— Baita produtividade.

— Sabia que o senhor tinha gostado.

Dez da noite. O entregador Rodrigo Fernandes, 24 anos, três tombos sem gravidade, catorze horas de trabalho por dia sem carteira assinada e nenhum direito trabalhista, aguarda na fila de uma lanchonete o pedido que fez para ele mesmo. Terminou o trabalho mais cedo porque vai jantar em casa. Foi ali, na fila, que começamos a conversar. Já com alguma intimidade, eu pergunto.

— Você não pede *delivery*?

— Não, motoqueiro não aguenta esperar. Colo na lanchonete e peço pra viagem. Que nem aqui. Vou comer esse pastel rapidinho e levar uma pizza pra família.

— Você já tem família?

— Mulher e dois meninos. Olha aqui a foto. Álvaro com três, Victor com dois.

— Lindos. Parabéns. Obrigado pela conversa. Vou indo.

— Pô, ia te contar como começou essa história da família...

— Oba, quero ouvir.

— Senta aí que a pizza tá embaçada, grande.

— Quero te ouvir, pode contar todos detalhes.

— Vamos lá. Sabe aquele corredor entre as filas dos carros que a gente passa voado?

— Ô! Há um tempo a gente falava "passar chispado".

— Chispado é com xis?

— CH.

— Chispado é massa. Deixa eu voltar pro corredor. Foi ali que conheci a Lívia. Eu vinha com a moto entre os carros. Primeiro vi lá longe o boné branco começando a entrar no corredor e só depois o tênis rosa, a blusa, a calça justa e aquele monte de panfleto na mão. Eu juntei nos freios, controlei e aí que eu vi a lindeza dela.

— Ela se assustou?

— Nada, até riu pra mim.

— Você falou algo pra ela?

— Eu queria, mas fiquei sem jeito, o farol já ia abrir. Acelerei e chorei de raiva.

— Por quê?

— Porque eu queria fazer que nem a gente vê nas séries. O cara desce, dá uma ideia, fala uma coisa engraçada e conquista a mina.

— Na vida real não é tão fácil.

— Na moral, voltei pra casa lá no Jardim Jaqueline com ela na cabeça. Os olhos, a tatuagem no ombro e o corpo... não dava pra esquecer

— Mas pelo jeito vocês se reencontraram.

— Sim. Eu voltei várias vezes naquele cruzamento e nunca achava a mina. Um dia eu vi os panfletos jogados no chão, como se ela tivesse acabado de sair. Fui seguindo os papéis no asfalto, até desaparecerem. Que tristeza!

— Você continuou a insistir?

— Claro. Perguntei no posto de combustível, no ponto de táxi, nada. Até que num domingo de muito sol, era vinte de março, eu vi a gata.

— Tomou coragem?

— Mais ou menos, tava nervoso. Daí pensei, com esse calor vou comprar uma água gelada. Fui até um bar na outra avenida e acelerei pra lá. Me apresentei, ofereci a água e expliquei que quase tinha atropelado ela umas semanas atrás.

— Qual foi a reação?

— Me olhou toda simpática e deu um gole na água. Só que ela disse que o supervisor tava na esquina e que não podia parar de entregar os panfletos. Aí eu falei pra ela: você trabalha por produtividade, sabia? Ela arregalou aquelas duas azeitonas e perguntou: "que que é isso?". Aí eu falei que ia voltar pra explicar. Ela me disse que se liberava à uma da tarde. Começamos a conversar pelo *zap* durante uns dias. Chamei pra gente tomar uma cerveja. Ela disse que tinha que estudar e não topou.

— E aí?

— Aí que eu fiquei com mais vontade e tive uma ideia.

— Qual?

— Já te conto. Primeiro perguntei pra ela se podia passar lá na esquina no fim de semana. Consegui uma folga com o gerente do aplicativo e fui com fé. Até pedi pra minha mãe fazer uma oração.

— Conta mais, Rodrigo.

— Nem desci da moto e convidei: "Bora tomar aquela cerveja na praia?". "Cê é loco. Olha como eu tô vestida". Eu disse: "Suave. Tenho uma surpresa pra você que eu comprei lá no Brás. Vê se gosta?". Ela desembrulhou o biquíni florido e pelo jeito dela, senti que amou. Gostou da minha ideia, grande?

— Maravilhosa. E depois?

— Começou um dos momentos mais massas da minha vida. A Lívia subiu na moto e descemos a serra. Ela apertadinha entre meu corpo e o bagageiro, que delícia. Cada curva melhor que a outra. Uma hora depois, mergulhamos na Praia Grande.

— Produtividade, hein?

— Você não viu nada. A gente piscou o olho e já vieram os meninos. O Álvaro e o Vitor.

— Chegou a pizza.

— Que pena, queria terminar a história. Mas a muçarela tem que chegar ainda derretida.

— Fica com meu *zap*.

— Tá salvo. Vou te mandar áudio e mais fotos da família.

— Boa viagem.

— Agora são só mais vinte km até o Jardim Jaqueline. Fui.

47 passos depois boto a chave na porta de casa e encontro meu vizinho. Sérgio desce a escada de pantufas e com o celular na mão. Vai buscar o jantar da sexta-feira.

Acabou, mas continua

Cuxiponés ou Capepuxis? Confundi outra com uma e em vez de chegar à Vila Anglo, onde a primeira serpenteia, fui parar no Alto de Pinheiros, território da segunda, de muros altos e calçadas planas.

Entregador, atleta ou pedestre curioso... quem anda em São Paulo sabe que as ruas são confiáveis até a próxima esquina.

A Alves Guimarães e sua vizinha, Cristiano Viana, em Pinheiros, terminam num escadão. É pau. É pedra. É o fim do caminho. A gente se assusta.

— Como pode se o número que procuro ainda não apareceu?

A resposta do carteiro é simples: "Acabou, mas continua. A numeração segue ali na frente, basta subir a escadaria ou contornar o paredão. Respira fundo".

Nas duas pontas da via Dutra, investigo as xarás, sejam vielas ou avenidas, alamedas ou vias expressas. No Rio, a Souza Lima, onde Oscar Niemeyer gostava de almoçar, brota no calçadão de Copacabana; em Sampa desponta na gloriosa Barra Funda, onde viveu Mário de Andrade.

Tuiuti, em São Cristóvão, é do tempo em que rua se chamava logradouro. Já no Tatuapé, a rua é cheia de novidades.

Barata Ribeiro e Visconde de Pirajá, caminho de motoristas e pedestres na zona sul carioca, em Sampa têm CEP na Bela Vista e no Ipiranga. A Torres Homem, em Vila Isabel, é vizinha ao Morro dos Macacos, e no paulistano Jaguaré, fica quase em Osasco.

A gente perambula pela Gago Coutinho, vizinha do Fluminense, ou pela outra Gago Coutinho, a da Lapa paulistana?

Escolha: prefere flanar pela Ituverava da Vila Prudente, irmã de fé de Heliópolis, maior favela paulistana, ou pelas calçadas da Ituverava, no Pechincha, primo de segundo grau da Barra da Tijuca?

A ronda por xarás que nunca se cruzaram é tão desigual como as nossas duas maiores cidades. Só mesmo os nomes são iguais: Palmeiras, Haddock Lobo, Voluntários da Pátria; ainda Tonelero, Senador Vergueiro, Rio Branco; sem falar de Curuzu, Cantagalo, Várzea. Não, ninguém dá conta dessa trilha.

Mesmo ao andar em linha reta e com os pés firmes no chão caímos das nuvens ao ver que a rua já não é mais aquela que entramos. Como assim? A Frederico Abranches, na minha Vila Buarque, se transforma em alameda Barros, que passa a ser Cândido Espinheira até dar de frente com o Parque da Água Branca. Três nomes em dois quilômetros.

Basta uma transversal e Aureliano se torna Sabará. Canuto do Val vira Baronesa de Itu. João Ramalho já é Padre Chico.

Num dia de brisa, vejo a garotada saindo da escola na Rua Nazaré Paulista. Quando passo da padaria já é Alvilândia e, depois do ponto de táxi, entro na Japiaçóia. Quatrocentos metros de câmeras, grades pontiagudas e a placa azul de letras brancas informa um quarto nome: Belini, que logo dá a vez para a Arruda Botelho.

Pela ordem, são duas cidades paulistas, uma espécie de pomba, o capitão da seleção campeã de 1958 e um médico que entrou na política. O mesmo caminho e cinco nomes até encontrar a Marginal Pinheiros. A estrada urbana, mais larga que rio e margens, oficialmente se chama Engenheiro

Billings, depois Ruth Cardoso, Nações Unidas, Rua Hungria. Tudo menos Marginal Pinheiros.

Na outra marginal, só muda o rio, em cada trecho da via expressa um homenageado diferente, pode ser embaixador, condessa e até ditador, menos Marginal Tietê como a gente conhece.

Como em tantos caminhos, uma crônica sobre nomes de ruas sobe e desce, desvia, contorna, cruza; depois alarga; então, estreita e, de repente, acaba.

Num muro. Num beco. Na última página. No ponto final.

Ao andar pela cidade, encontrei gente que nem sei o nome. Essas pessoas me revelaram histórias e experiências que tentei traduzir neste livro. A elas, meu muito obrigado.

Há também leitoras e leitores que me ajudaram com sabedoria e sinceridade:

Lorena, Sylvia, Ana Carmem, Guilherme, Valdenor, Fabio Pinto, Zezo, Sergio F. C.

À toda a minha família, a família Pinto, muitos beijos com amor e gratidão.

Neide Duarte e Humberto Werneck me encheram de orgulho e alegria ao assinarem a orelha e a quarta capa.

Luisa Vasconcellos me deu seu talento de presente e pintou o quadro que virou capa.

EDIÇÃO	André Balbo
CAPA	Luísa Machado
IMAGEM DA CAPA	Luisa Vasconcellos
REVISÃO	Marcela Roldão
PROJETO GRÁFICO	Leopoldo Cavalcante

DIRETOR EXECUTIVO	Leopoldo Cavalcante
DIRETOR EDITORIAL	André Balbo
DIRETORA DE ARTE	Luísa Machado
DIRETORA DE COMUNICAÇÃO	Marcela Monteiro
EXECUTIVA DE CONTAS	Marcela Roldão
ASSISTENTE COMERCIAL	Gabriel Cruz Lima

GRUPO ABOIO

ABOIO EDITORA LTDA.
São Paulo/SP
(11) 91580-3133
www.aboio.com.br

Grafia atualizada segundo o Acordo Ortográfico da Língua Portuguesa de 1990, que entrou em vigor no Brasil em 2009.

Dados Internacionais de Catalogação na Publicação (CIP)
Bruna Heller — Bibliotecária —CRB10/2348

P659a

Pinto, Luis Cosme.
Acabou, mas continua / Luis Cosme Pinto. –São Paulo, SP: Cachalote, 2025.
117 p., [7 p.] ; 13,5 × 20,8 cm

ISBN 978-65-83003-77-5

1. Literatura brasileira. 2. Crônica. 3. Não-ficção contemporânea. I. Título.

CDU 869.0(81)-94

Índice para catálogo sistemático:
1. Literatura em português 869.0.
2. Brasil (81).
3. Gênero literário: crônica -94

Esta primeira edição foi composta em Martina Plantijn sobre papel Pólen Bold 70 g/m^2 e impressa em setembro de 2025 pelas Gráficas Loyola (SP).

FSC
MISTO
Papel | Apoiando o manejo florestal responsável
FSC® C008008

A marca FSC© é a garantia de que a madeira utilizada na fabricação do papel deste livro provém de florestas que foram gerenciadas de maneira ambientalmente correta, socialmente justa e economicamente viável, além de outras fontes de origem controlada.